科学でアートを見てみたら

ロイク・マンジャン Loïc MANGIN　木村高子 訳

Pollock, Turner,
Van Gogh, Vermeer
et la Science…

原書房

序文 5
はしがき　理解力を高める 7

第1章　動物と植物 9

野生のナスの物語 10
木を描くには 14
地図とビーバー 18
ありえない馬 22
突然変異のひまわり 25
アダムのリンゴはレモンだった 29
かぎ針編み、サンゴ、そして幾何学 33
球根とバブルとウイルス 37
白いスイカの謎 41

第2章　数学と情報処理 45

巨匠が描いた設計図 46
干渉縞と視覚芸術 52
謎めいたソナ 58
四角と樹木 63
5世紀もの先取り 67
数学とファッションの深い関係 71
ダ・ヴィンチの勘違い 77

第3章 天文学 ... 81

月、それとも太陽？ ... 82
消えた月の謎 ... 86
ヴェルサイユ宮殿の天井画と天文学 ... 89
太陽を観察する ... 93
1680年の大彗星が戻ってきた？ ... 97
最初の写実的な天の川 ... 100

第4章 地理と気候 ... 105

デルフトのニシン漁船 ... 106
地質学総覧のようなテーブル ... 111
重ねた皿のような雲 ... 115
赤と緑の大気汚染注意報 ... 119
中国人に愛された英雄 ... 123
印象的な日付 ... 126
若きウェルナーの彷徨 ... 131

第5章 医学と人間の認識、知覚 ……………… 135

- DNAから顔が復元できる ……………… 136
- 斜視の恩恵 ……………… 140
- ジーンズのマエストロ ……………… 143
- ヴァチカンに隠された脳みそ ……………… 147
- 十字架刑の神経への作用 ……………… 151
- エピジェネティクスの景観を眺めて ……………… 155
- イエス・キリストは33本の歯とともに死んだ ……………… 159
- 漫画とマンモス ……………… 163

第6章 科学技術 ……………… 167

- バベルの塔建設に使われた機械 ……………… 168
- ダ・ヴィンチと美しい襞 ……………… 173
- 見えなくなる杯 ……………… 176
- ルイ15世の亡霊 ……………… 179
- 塗料と流体力学 ……………… 183
- 量子アートを編む ……………… 187
- ダルヴィーシュのスカートはそれでも回転している ……………… 192
- 黒よりも黒く ……………… 196

参考文献 ……………… 201

序文

　芸術と科学——どちらも、携わる者が豊かな想像力を発揮することを期待されるクリエイティブな分野である。その目的は、どちらもそれぞれの方法で、他者の承認を勝ち取ることだ。芸術家は、作品が個々の鑑賞者の心のうちにかきたてる諸々の感情（好悪を問わず）によって、そして科学者は、説得力のある証明、再現可能な実験、検証可能な結論を保証するいくつかの条件の遵守を通じて。

　共通点はあるものの、両者の間の違いもまた大きい。芸術で重んじられるのは結果である。鑑賞者にとって重要なのは、その絵がどうやって描かれたかではなく、完成した絵を見たときに胸の内にわき起こる、内省、怒り、賛嘆、逃避、思索、気づきなどの感情である。これは美食に似ている。料理の味を楽しむのに、厨房内を案内してもらう必要はない。

　一方、科学で重視されるのは過程である。実験の結果だけでは不十分で、プロセスの適切さ、明確さ、そして再現可能性が保証されない限り、人を納得させることはできない。芸術は相手を感嘆させたり衝撃を与えたりするが、科学は相手の反応に無関心である。研究結果は相手の気を悪くさせたり、安心を与えたりするためにあるのではなく、世界を美化したり、反対に醜くしたりするものでもない。

　芸術作品はある程度作者の意図に沿って制作されるため、その結果を予測することができる。反対に科学の実験では、提示された疑問に対して全く予想外の回答が導き出される場合もある。なぜなら、ある程度結果を予測できるとしても、実際に生起することをあらかじめ確信するのは不可能だからだ。芸術では、科学と異なり、作品の成功は何よりも個人的な、ごく私的な体験として認識される。世間的な成功とはすなわち、一人一人の鑑賞者の受け取り方の総和であり、ほとんど人気投票のようなものなのだ。しかし科学では、投票によって結果の妥当性を定めるようなことは決してない。その妥当性は、試験者が一致団結して、合理性、倹約の原則、手続きの透明性、入手可能で適切なすべてのデータの利用、事実および生じうる結果に対する冷静な懐疑心、自然界の事実を説明するために自然（つまり現実世界）だけを拠り所とするなどの、認知的な諸条件というフィルターにかけることによってのみ認められる。これこそが、世間による反論または承認という行為に不可欠な要素である。

　科学は実世界を合理的かつ概略的に説明することに努め、その結果得られた信頼に足る知識は公共の利用に供される。芸術の方は、一人一人の意識を、それぞれの

ペースでより優れたものにすることを目指す。誇張して言えば、科学が我々の生活の基盤となり、みんなで共有する実世界に関する知識を提供してくれるのに対して、芸術は一人一人が進む軌道を後押ししてくれるのである。

　二つの分野の相違点を少々大げさに述べたが、両者は本当に完全に分離しているのだろうか？　本書の著者ロイク・マンジャンは、事実は決してそうではないことを教えてくれる。彼は、これまでは我々を感動させる役割を期待されていた芸術作品の中に潜む科学的知識の断片を取り出してみせる。その作品について科学的な分析がなされるだけでなく、科学が芸術家によって意図的に選ばれた要素として、作品の中に開示されている場合もある。「文化」の定義の中に科学が必ずしも含まれないフランスでは、本書は芸術に寄与するところ大であろう。この国の社交サロンでは往々にして、科学的な知識の欠如は許容され、同情さえされる。しかし絵画や文学、映画などに関する無知は、許されざる欠陥とみなされる。今後ロイク・マンジャンのような試みが増えれば、科学もようやくこうしたサロンに居場所を見つけられるかもしれない。

　美しく、有益で、その上楽しめる要素もある本書のおかげで、今後は芸術を論じる時に科学も置き去りにせず、普通に話題にのぼることを願おう。知的悦楽が美に含まれるのだとすれば、この本もまた我らの文化をさらに豊かにしてくれる――読者にはその意味が、お分かりのはずだ。

フランス国立自然史博物館教授
ギヨーム・ルコワントル

はしがき
理解力を高める

　芸術と科学は、遠い昔から対話を繰り返してきた。数学だけではなく音楽にも造詣の深かったピタゴラスは、「ピタゴラス音律」を発見している。中世まで大学で教えられていたリベラル・アーツには算術、音楽、天文学、修辞学、論理学などが含まれていた。ルネサンス期を代表する天才レオナルド・ダ・ヴィンチは科学と芸術の両方の分野で抜きん出た才能を見せた。ガリレオとデカルトは芸術と哲学の教育を受けている。このように17世紀までは、芸術と科学は不可分の関係にあった。しかしその後、人類の知識量が増え、専門化が進むにつれて、両者は次第に分離していった。簡単に言えば、芸術家になるか科学者になるかを選ばなければならなくなった。

　何十年か前から逆の動きが登場し、両者を結ぶ橋が無数に架けられた。また両者の本質的な共通点を指摘する専門家も出てきた。例えば、両方の分野において創造性が重要視される点などだ。芸術も科学もよく似た方法論を持つため、作品制作あるいは科学的事実の発見を通して未知の世界を探求する両者にとって、創造性は不可欠なのである。

　最近では、CERN（欧州合同素粒子原子核研究機構）、CEA（フランス原子力・代替エネルギー庁）、キュリー研究所などの大規模研究施設に芸術家を招聘し、滞在してもらうアーティスト・イン・レジデンス制度を活用して、芸術家と科学者が出会い、共同で思索を重ね、刺激し合うケースも増えている。こうした場では、科学者は通常の研究から脇道にそれ、慣れ親しんだ方法について自問し、視点を変えるように仕向けられる。反対に芸術家も、世界に対して問題提起し、創造活動に取り組める未踏の分野を発見する。対話の過程では、例えば将来の気候や、放射性廃棄物の行く末について、芸術は科学に新しい思考方法を提供する。ジョルジュ・ブラックの言葉「芸術は動揺させるために存在する。科学は安心させるために存在する」の反対のことが起きているのかもしれない。

　芸術と科学の和解を証拠づける一つの例が、2017年にエコール・ポリテクニーク、国立高等装飾美術学校、ダニエル＆ニナ・カラッソ財団が共同で設置した芸術科学講座である。

　芸術と科学を結ぶいまひとつの懸け橋は、芸術家が研究施設で発見した新しい表現手段である。特に1980年代以降、絵筆に代えてデジタル技術、遺伝学、数学、ロボット工学などを活用する科学的芸術家の登場とともに、この動きは顕著になった。

科学は美術史にも関与している。科学者は分光器、クロマトグラフィー、加速器などを利用して、過去の作品の発する声に耳を傾け、そこに隠された秘密を明らかにしつつある。例えば16世紀の画家パオロ・ヴェロネーゼの《カナの婚礼》では、X線検査の結果、どんな構図を採用するか、画家が思い悩んでいたことが判明した。

　そして最後に、おそらくそれほどたどる者は多くないだろうが、筆者の選んだ道がある。それは、科学者の目で芸術作品を鑑賞することによって、そこに潜む秘密を見つけ出し、理解を高め、より深い感動を得ることである。絵画や彫刻に込められた「科学的な内容」に、作者自身が無自覚である場合が少なくない。それでも大変多くの作品、なかには読者も間違いなくご存じの、世界的に有名な傑作の中にそれは厳然として存在し、解読を待っているのだ。たとえ十分な科学的知識をお持ちでない方にも、本書が解読の案内役になることを願っている。

　　　　　　　　　　　　　　　　　　　　　　　　　　　　ロイク・マンジャン

第1章

動物と植物

野生のナスの物語

ナスが栽培化された過程を、
どうすればたどることができるだろう？
中国の挿絵付きの古文書には
その様子の一部が描かれている。

　トルコでは、3個のナスの夢を見た者は幸運に恵まれると信じられている。またナスを利用した1000通りもの料理があることは、トルコ人の誇りでもある。こうした事実は、ナスがこの地域で遠い昔から利用されてきたことをうかがわせる。では人類がナスを最初に栽培化したのも、この地域だったのだろうか？　この問題に答えるのは容易ではない。野生植物の栽培化の歴史をたどるのは、遺伝子解析を行なわない限り、あるいは比較可能で多様な品種が存在しない限り、大変難しいからだ。
　多くの野菜の場合、考古資料［遺跡、遺物などの一次資料］をはじめとする情報がごく限られているため、専門家にできるのは、せいぜい推論をするくらいだ。ところが、北京に所在する中国科学院植物研究所の王錦秀とロンドン自然史博物館のサンドラ・ナップは、ナス科ナス属（Solanum melongena）の栽培化の過程を再構成することに成功した。一体どうやって？　この野菜に関する記述や挿絵が多数含まれる、中国の古文書を渉猟することによってである。こうして彼らは、栽培化の過程を明らかにし、中国の農民が重視した三つの特徴を見つけだした。
　ナスの栽培化についてはほとんど何も分かっていなかった1990年代初め、イギリスのバーミンガム大学の農学者リチャード・レスターらは、現代のナスは北アフリカと中東に見られる野生種Solanum incanumから進化したものであろうと主張した。元は観賞用植物だったものが、やがて東方や西方に拡がっていく過程で、アジア各地の農民によって人為的に選択が行なわれたと推測したのである。原産地としては、インド、中国南東部、タイ、ミャンマーなど、様々な地域が候補に挙げられていた。ここで登場したのが中国の古文書である。
　中国歴代の文献は遠い昔まで遡り、あらゆる時代のものが含まれているため断絶がなく、首尾一貫している。これらの植物学書、歴史書、農事書、地方年代記、そして皇帝の命により編纂された『古今図書集成』や『四庫全書』といった「類書」（中国の百科事典のこと）などには、ナスに関する

作者不詳 『履巉巌本草(りざんがんほんぞう)』よりナスの挿絵(1220年)

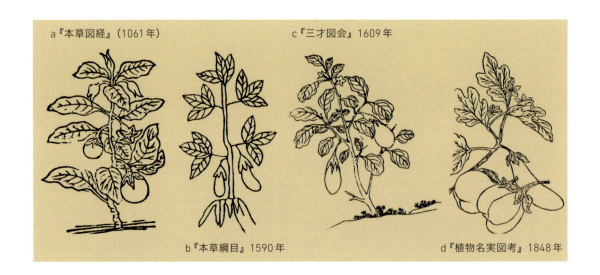

a『本草図経』（1061年）　　c『三才図会』1609年
b『本草綱目』1590年　　d『植物名実図考』1848年

記述が多く見られる。合計76冊もの書物が調査の対象にされた。その結果、何が分かっただろうか？

まず、ナスに関する最古の記述は、紀元前59年に王褒という人物が記した『僮約』［主人と奴隷の間での契約について滑稽に記したもの］に見ることができる。つまりこの頃には、特に中国南西部の成都平原では、ナスはすでに栽培されていたことが分かる。

次に、各時代の栽培者がナスのどのような特徴に注目したかを明らかにしている。彼らが重視したのは実の大きさ、形、そして味だった。6世紀の農業技術書『斉民要術』によれば、当時のナスは小さかった。1061年には、知られる限り最も古いナスの実の挿絵が『本草図経』に登場する（図a）。これを見ると、実は丸く、トゲはない。それから200年と経たない1220年の『履巉巌本草』の挿絵には、紫色で、以前のものより大きくやや細長いナスが描かれている。さらに16世紀の『本草綱目』の著者、李時珍は、ナスの実の直径は7〜10センチメートルだと記している。そして1726年の、『絳県志』には、1.5キログラム以上も重さのあるナスについての記載がある！どうやら歴代の中国の農学者は、大きなナスを好んで選択したようである。

14世紀まで、中国のナスの多くは球形だったらしい。細長いナスの登場がそれより遅かったことは、『本草綱目』を見れば分かる（図b）。1609年の『三才図会』には卵形の実も描かれている（図c）。その後、清朝時代には、丸や卵形、長いものからほっそりしたものまで、多様な種類のナスが栽培されるようになっていた。当時最も普及

> 『絳県志』には、
> 1.5キログラムもの
> 重さのナスについて
> 記されている

していた品種は、1848年に著された有名な植物図鑑『植物名実図考』に描かれている（図d）。

　古文書を読めば、ナスの味の変遷も知ることができる。6、7世紀にはナスの味は全く人気なかったが、改良された結果、9世紀には「美味い」と評されるまでになった。その後、北宋時代の詩人、黄庭堅は、白ナスの味を讃える詩を何編か詠んでいる。このナスは生食も可能だったようだが、現在では（サポニンを含むため）加熱調理して食される。

　このように、中国は現在私たちの食卓にのぼるナスの故郷だった可能性がある。およそ200もの品種が存在する同国は、年間3200万トン（世界の総生産量の半分以上）と、世界最大のナス生産国である。この調査からもう一つ分かったのは、今後植物の栽培化について研究する場合、考古学と遺伝学に加えて、文献学という第三の武器を利用できることである。

木を描くには

樹木の形を注意深く観察したレオナルド・ダ・ヴィンチは、
枝の断面積に関する法則を発見した。
その妥当性は、デジタルモデルを用いた研究によって証明され、
それが風に対する抵抗力を最大化するためであったことが判明する。

作品制作に際して、レオナルド・ダ・ヴィンチは常に対象の正確な表現を心がけていた。その好例が、例えばイタリア、フィレンツェのウフィツィ美術館所蔵の《東方三博士の礼拝》や様々なスケッチに見られる、極めて写実的な樹木である（次ページ）。このような優れた表現力を獲得するために、ダ・ヴィンチは対象を注意深く観察し、その結果ある仮説に達した。それは彼の手稿に、次のように記されている（16ページ）。

ある木において、どの高さであろうとすべての側枝を束ねた場合、その断面積の合計は主枝の断面積に等しい。言い換えれば、直径Dの主枝が直径d_i（iは1からNまでの変数）の側枝N本に分岐する場合、次の公式が導き出される。$\pi D^2/4 = \pi d_1^2/4 + \pi d_2^2/4 \cdots + \pi d_N^2/4$。これは次のようにまとめられる。$D^\Delta = \sum d_i^\Delta$（$i$は1から$N$までの変数）で、ここでは指数$\Delta = 2$。

ダ・ヴィンチ則と呼ばれるこの法則は、多くの情報処理プログラムで、できるだけ本物に近い樹木を表現したい場合に利用される。しかし、観察に基づいたこの法則は、本当に正しいのだろうか？

この問題に注目した専門家は決して多くない。レオナルド・ダ・ヴィンチの仮説を検証した中で最も有名なのが、フランスの数学者ブノワ・マンデルブロである。既存のいくつかの研究を参照した結果、彼は多くの種類の樹木において、指数Δは2より少し小さい数であることを示した。つまりレオナルド・ダ・ヴィンチは正しかった。しかしこれは一体何を意味しているのだろうか？　偶然の産物なのか、それとも物理の法則なのか？

1960、1970年代に、ダ・ヴィンチ則を説明するために二つのモデルが提示された。一つ目のモデルでは、樹木は根から葉まで通じる管、つまり導管の束であるとする。側枝を流れる導管は、主枝を流れる導管の束から分かれたものである。この場合、枝の分岐前と分岐後に直径の等しい導管が同数存在する、というダ・ヴィンチ則は立証される。二つ目のモデルの前提となるのは、樹木において、自重（従って直径）

レオナルド・ダ・ヴィンチ(1452-1519) 《樹木の素描》

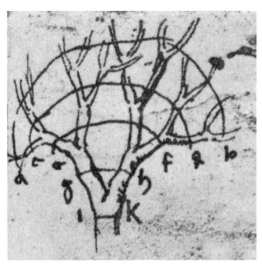
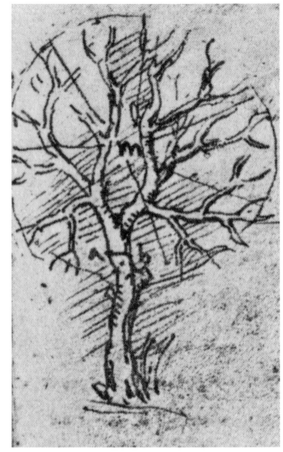

レオナルド・ダ・ヴィンチの手稿から、スケッチと観察（「画家のための植物学と風景画作成のための諸要素」から［フランス学士院図書館蔵、パリ手稿（G手稿）に含まれる］）
毎年、主枝から分岐して生長を完了した後の側枝は、主枝と同じ断面積を持つ。剪定が行なわれない限り、分岐のたびに、断面 gh、ef、cd、ab の厚みの和は断面 ik のそれに等しいことが確認される。
右 ダ・ヴィンチによれば、すべての枝は樹木の中心 m に向かっている。

による側枝の主枝に対するたわみは、幹から先端の小枝まですべて等しいとする考えだ。

しかしこの二つのモデルは、詳細な検証に堪えない。なぜなら、例えば導管が幹や太い枝の断面積に占める割合は、第一のモデルが前提とするように断面の全部ではなく、わずか5パーセントに過ぎないからだ。また第二のモデルは、進化論の点から無理がある。

フランスのエクス＝マルセイユ大学の物理学者クリストフ・エロイは、樹木の構造に注目した説明を行なっている。彼によれば、ダ・ヴィンチ則の要になるのは、風に対する樹木の耐性である。そこで一種のリバースエンジニアリングを行ない、（自然界で生育する樹木は資源を節約するはずなので）なるべく少ない素材で、風に対する抵抗力が最も高い樹木模型を制作した。この模型は、植物学者たちが樹木の構造として理解しているように、フラクタル構造を

> 枝の直径は、風に対する抵抗力に関係する

持ち、フラクタル次元は2と3の間である［フラクタルとは、あるものの全体と細部が同じ形の相似形になる図形のこと。フラクタル次元は、図形の広がりと複雑さを数値化して表している］。この構造はなるべく少ない資源を用いて、なるべく多くの日光をとらえることに適している。また、このフラクタル性により、個々の枝の長さが決定される。

　エロイは、風に対する抵抗力はすべての植物において等しいと考えた。そこで、この模型の抵抗力を調べるために、人為的に風圧にさらした。風によってたわんだ枝は、限界点を超えるとポキリと折れる。一定の強さの風に対して、枝をさらに折れにくくするには、枝の太さを変更する以外に方法はない。つまり、枝の直径は、風に対する抵抗力を強めるために決定されるということになる。こうしてレオナルド・ダ・ヴィンチが観察に基づいて得た結論を再確認することに、とうとう成功したのである。

　外部の機械刺激に反応して生じる生長は植物学者によって、「接触形態形成」と呼ばれている。決まった方向から絶えず風が吹き続ける沿岸部などでよく見られる、非対称形の樹木などがその好例だ。レオナルド・ダ・ヴィンチが言ったように、「自然の中ではすべてのことに理由がある」のだ。

地図とビーバー

フェルメールの作品《士官と笑う娘》には、
ビーバーの毛で作られた帽子をかぶった男性が描かれている。
この高価な素材を使った帽子が流行したために、
ヨーロッパビーバーは絶滅したのだ。
絵の後方に掛けられた地図も気になるところ……。

　1658年頃のオランダ。80年近く前にスペイン王国からの独立を宣言したネーデルラント連邦共和国（オランダの旧名）は、1609年に実質的な独立を勝ち取った。そして1648年に独立戦争が完全に終結すると、市民生活に戻った兵士たちは、せっせと女性を口説き始めた［この地方では1568年に宗主国スペインに対する反乱が勃発し、1581年に北部七州が独立を宣言した。1609年に12年間の休戦条約が結ばれ、その後1648年のウェストファリア条約で、ネーデルラント連邦共和国の独立が国際的に承認された。この独立のための戦いは八十年戦争と呼ばれる］。画家ヨハネス・フェルメール（1632-1675）が、《士官と笑う娘》（ニューヨーク、フリック・コレクション所蔵）に描いたのも、そんな情景である。

　作品では鮮やかな赤い制服を着て大きな黒い帽子をかぶった——この帽子については後述——士官がこちらに背中を向け、若い女性と談笑している。想いを寄せる女性の家を訪問中なのだろう。当時、女性の前で帽子を取る習慣はまだなかった。

　後方の壁に掛かった、大変興味深い地図には「ホラント州全域と西フリースラントの非常に正確な新地図」という題名がついている。新たに独立したネーデルラント連邦共和国のうち、海に面した西部地方（ホラント州とフリースラント州を含む）が描かれており、北ではなく西が上にくる。この方位の置き方は、当時の人々の関心を反映しているのかもしれない。ネーデルラント連邦共和国が外海である北海を向いているのは、世界を征服した海洋民族にとって当然のことなのだから。同じ地図は《青衣の女》など、フェルメールの他の作品にも登場する。

　また陸が青く、海は茶色に塗られていることも目をひく。なぜフェルメールは通常とは逆の色遣いにしたのだろう？　理由は解明されていないが、カナダのブリティッシュコロンビア大学の歴史学者ティモシー・ブルックは、次のように考えている。画家は、陸と海の色が入れかわるように、平和の回復によって軍人の社会的立場が一変したことを暗示しているのではないだろうか。

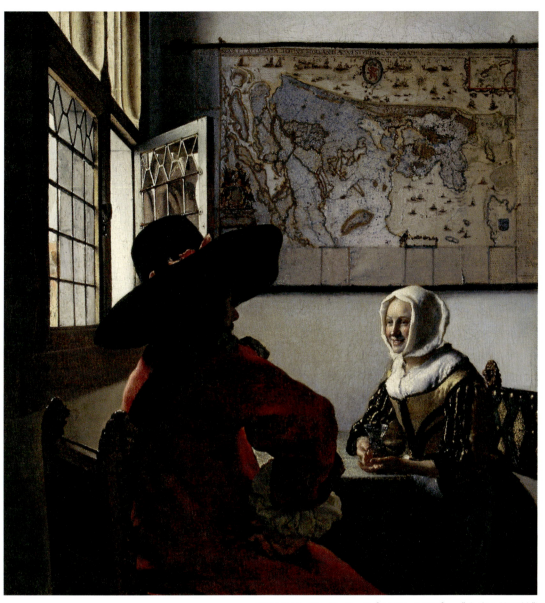

ヨハネス・フェルメール（1632-1675）　《士官と笑う娘》

第1章　動物と植物　19

帽子職人は、水銀の有毒な蒸気を吸い込んで錯乱したのかもしれない

次に帽子を見てみよう。17世紀中頃というこの時代、ネーデルラント人は誰でも帽子をかぶっていた。それはクラプムッツと呼ばれる素朴な柔らかい縁なし帽から、ここで士官がかぶっているようなもっと高価なものまで、様々な種類があった。絵に見られる帽子は、動物の密集した毛から作ったフェルト生地を用いたものだ。当時特に好まれていた素材がビーバーの毛で、上流階級に属する人間なら誰でも、この素材から作られた帽子を持っていた。その歴史は非常に興味深い。

このフェルト生地に使用されるのはビーバーの全身の毛ではなく、下毛（刺し毛の下に短く密集して生えている綿毛）だけである。顕微鏡で眺めると、下毛の表面をびっしりと覆ううろこ状の組織が確認できる。このざらつきのおかげで毛が絡み合い、フェルト状になる。ビーバーフェルトは耐久性に優れ、しなやかで、濡れても型くずれしにくい。

帽子職人がビーバーの下毛を酢酸銅、アラビアゴム、水銀の混合液の中で煮込み、圧縮して乾燥させると、最高級の帽子にふさわしい上等なフェルトになる。しかしこの作業には危険が伴う。加熱した混合液から有毒な蒸気が発生するのだ。『不思議の国のアリス』に登場する帽子屋のように、帽子職人がしばしば狂っているとされたのは、このためだったかもしれない［英語には「帽子屋のように狂っている（as mad as a hatter）」という言い回しがある］。

15世紀までは西ヨーロッパに生息するビーバーの毛が利用されていたが、帽子の流行による乱獲と生息地域の減少によって、個体数が激減した。次に狙われたスカンジナビア地方のビーバーも同じ運命をたどり、こうしてビーバーフェルトの帽子の流行は終わりを告げた。

16世紀に帽子職人が利用できたのは、ビーバーより目の粗い羊毛フェルトだけだった。時には圧縮しやすくするためにウサギの毛が加えられたが、その結果できたフェルトは破れやすかった。そのうえ、ビーバーフェルトとは対照的に、羊毛フェルトは水を吸収し、濡れると型くずれしやすい。ネーデルラントの下層民がかぶっていたクラプムッツは羊毛フェルト製だった。

アメリカ先住民との通商が活発になった16世紀末に、再びビーバーをめぐる状況は変わる。市場を開拓した一人が、フランス人サミュエル・ド・シャンプラン（1567頃-1635）だった。1580年代に最初のアメリカ産ビーバーの毛皮がヨーロッパに到着すると、需要が急増し、ビーバーフェルトの帽子が再び大流行した。非常に高値で売買されたため、「中古のビーバーフェルト帽」まで活発に取引されたほどである。しかしこの市場は、シラミが介する伝染病の流行を恐れた当局によって直ちに規制を受けた。

デルフト［オランダ南西部の都市］の名士だったフェルメールもまた、ビーバーフェルトの帽子を持っていただろう。もしかしたらこの作品に描かれた帽子は、彼自身の所有物だったのかもしれない！

ありえない馬

マリー・アントワネット王妃の騎馬肖像画に描かれた馬は、
実際にはありえない姿勢をとっている。
さらに、その解剖学的特徴の一部が誇張されている。

ラスコー洞窟の壁画からワシリー・カンディンスキーの数々の絵画まで、馬は数多くの画家を魅了した題材だった。16世紀末から19世紀初頭のいわゆる古典主義時代に限ってみても、描かれた騎馬肖像画の多さには驚かされる。名高いものだけに絞っても、《聖ゲオルギウスと竜》（ラファエロ、1504年）、《オリバーレス伯公爵騎馬像》（ディエゴ・ベラスケス、1636年頃）、《ベルナール峠からアルプスを越えるボナパルト》（ジャック＝ルイ・ダヴィッド、1802〜18030年）、《突撃する近衛猟騎兵士官》（テオドール・ジェリコー、1812年）などがある。

しかしその大部分、特に17、18世紀に描かれた絵画に関していえば、馬の表現はどれも正しくない！　そこで、ここではヴェルサイユ宮殿美術館所蔵のルイ＝オーギュスト・ブランの作品《狩猟をするマリー・アントワネット》（1783年）に注目してみよう（次ページ）。

後ろ脚で立つ王妃の馬の四肢は対称的に配置され、後ろ脚2本が地面につき、前脚2本が宙に浮いている。まるで今にも駆け出しそうだ。

しかし、ギャロップを始める馬の脚は、実際には非対称なのである。19世紀初頭に世界初となる写真が撮影され、連続撮影の技術が開発されると、エドワード・マイブリッジ（1830-1904）の撮影により、肉眼では速すぎてとらえられなかった疾走する馬の動きがようやく解明された。それは次のような一連の動きである。後ろ脚1本を地につける。もう1本の後ろ脚と、反対側の前脚を地につける。もう1本の前脚を地につける。四肢がすべて宙に浮く。つまりこの最後の段階では、四肢は身体の下におりたたまれる。当時よく見られた作品、例えばジェリコーが《エプソムの競馬》（1821年）で描いた、前後の脚を揃えて広げるポーズは誤っているのだ。

後ろ脚で立ち、前脚が前方に向けられている王妃の馬のポーズは、17、18世紀の絵画によく見られる。同じくよく描かれるのは、脚を現実にはありえないほど高く持ち上げた速歩（はやあし）だ。

ルイ=オーギュスト・ブラン（1758-1815）《狩猟をするマリー・アントワネット》

馬の高貴さを強調するために、耳の毛が刈り込まれた

画家が不正確に描いているものはほかにもある。馬の形態や姿勢である。頭部、特に耳は極端に小さく、蹄は過度に大きい。目は大きく見開かれ、とりわけよく発達した筋肉が目立つ。これらは画家が当時流行していた美の基準に沿うように意図的に行なった「改変」であり、画布に表現された馬は、理想的なパーツを抽出し組み合わせた造形なのである。

17、18世紀には、馬は持ち主の社会階級によってランク付けされた。貴族階級が好んだのは、北アフリカやトルコからの、たとえばバルブ種などの輸入馬や、スペイン馬、特に頭部が小さく、筋肉が発達し、波打つ長いたてがみや尾を持つジェネット種だった。マリー・アントワネットが乗る馬もジェネット種である。

小さな耳は上品さの証であり、またフランスの地方（リムーザン、ノルマンディなど）出身の馬は、より元気そうに見せるために毛を短く切られた。耳の小ささは画家や彫刻家によってさらに強調され、彼らはまた、対象物を生き生きさせるという同じ理由のために、鼻や目の周りや拍車［乗馬の際、靴のかかとに取りつける器具。馬の腹部に刺激を与えて制御する］のあたる周囲の血管を浮き出させた。

最後にもう一点、意外な事実を挙げておこう。狩猟服を身につけたマリー・アントワネットの乗馬姿は、非常に近代的だ。祖国であるオーストリアのハンガリー近衛騎兵と同じ馬具をつけた王妃は、多くの女性がする横坐りではなく、男性のように鞍にまたがっている。

突然変異のひまわり

ファン・ゴッホがアルルで描いたひまわりのいくつかは、
本物のひまわりよりもポンポンバラに似ている。
この不思議な花のメカニズムが、遺伝学者たちによって解明された。

私は今、ブイヤベースを食べるマルセイユ人のように力強く絵を描いている。
大きなひまわりを描いているからだといえば、君も驚かないだろう。
———— ファン・ゴッホ『テオへの手紙』

1888年2月20日、オランダの画家フィンセント・ファン・ゴッホ（1853-1890）は南仏アルルに定住した。この年の8月に、彼はひまわりを題材にした最初のシリーズを描き始めている。最初に制作された4枚に加えて、1889年1月にはさらに3枚が完成した。どれも黄色か青の背景に、花瓶に入った3本から15本のひまわりの花が描かれている。そのうち何枚かは、1888年10月に彼と共同生活を始めたポール・ゴーギャンの部屋を飾ることになっていた。ゴーギャンもまた、ひまわりの花を描くゴッホの姿を画布に残している。その絵の中でゴッホが描いていたのは、1945年に日本で空襲によって焼失した《五本のひまわりを活けた花瓶》だったのかもしれない。

どの絵にも、開花してから枯れるまでの様々な段階の花を見てとることができる。しかしそれだけではなく、花の外形も多様であり、ポンポンバラに似た八重咲き［花びらが重なって咲くこと］の花もある。例えばロンドンのナショナル・ギャラリー所蔵の作品（次ページ）では、八重咲きの花が7本描かれている。アメリカ、ジョージア州アセンズにあるジョージア大学のジョン・バークらは、描かれたひまわりの遺伝的背景に関心を持った。

その結果を記す前に、まずはひまわり（Helianthus annuus）の構造を詳しく見てみよう。ひまわりは、植物界で最も分化した植物であるキク科に属する（他にキクイモ、セイヨウタンポポ、ヒナギク、アーティチョークなど）。一般にひまわりの花とされる部分は頭状花序と呼ばれ、小花が集まって形成されている。通常のひまわり（27ページ図a）では、周縁部の小花は、しばしば花びらと誤解される舌状の部分を

フィンセント・ファン・ゴッホ(1853-1890) 《ひまわり》

ひまわりの構造。**a**. 一般種。**b**. 八重咲き。**c**. 生殖器官を備えた小花を持つ突然変異種。

持つ舌状花であるのに対して、中心部の小花は筒状の筒状花で、これだけが生殖器官を持つ。

ポンポンバラに似たひまわりは、まぎれもなく八重咲きである。ジャン゠ジャック・ルソーは1764年に発表した『山からの手紙』で、次のように述べている。「八重咲きとは、花の一部が自然な数を超えて増えた花である。（中略）花びらの数が単に倍増しているのでなく、それ以上の数に増加しているのである［フランス語では八重咲きは「fleur double（2倍の花）」というため、このように説明している］」。ひまわりの八重咲きの場合（図b）、野生種では筒状花になっている部分の一部、ないしは全体が舌状花になっている。バークの研究チームは、こうした八重咲きの花が出現するメカニズムの解明に挑んだ。

彼らはまず、野生種のひまわりを八重咲きの花と掛け合わせた。それで得られた結果は、19世紀中頃、つまりゴッホがひまわりを描いた約20年前にメンデルが発見した遺伝の法則にかなうものだった。八重咲きの花は、たった一つの遺伝子の突然変異が優位に働いた結果生まれたものだっ

> 八重咲きの花に含まれる
> 遺伝子の突然変異は、
> 花の対称性に
> 関与している

た。一方で、他の交雑においては、同じ遺伝子の突然変異は劣性になり、黄色く細長い管状の、生殖器官を持つ小花として発現した（図c）。言い換えれば、これらは通常のひまわりに見られる舌状花と筒状花の中間的存在なのである。

　遺伝学者たちはこれを引き起こす遺伝子を発見し、そのゲノム配列を解析した。それはHaCYC2cという遺伝子で、他の遺伝子の発現を強めるタンパク質である転写因子をエンコードする働きを持つ。HaCYC2cの遺伝子ファミリーは、花の対称性の決定に関与する。八重咲きの花の場合、ヌクレオチドが遺伝子プロモーターに付加されることによって突然変異が起こり、その結果中心部の小花が変異する。一方、黄色い管状の小花が密集しているように見える花の場合、トランスポゾン（染色体上を自由に移動する遺伝子）が遺伝子本体に導入された結果、すべての小花での正常遺伝子の機能が抑制されるのである。

　後者のタイプの花は、ゴッホの絵には登場しない。見つけることができなかったからか？　それとも、彼の感性に合わなかったのだろうか？　歴史も『テオへの手紙』も、その答えを教えてはくれない。

アダムのリンゴはレモンだった

15世紀のフランドル地方の祭壇画に
ファン・エイク兄弟が描いたイヴは、果物を手に持っていた。
その果物は、リンゴだったのだろうか？
いや、それは「アダムのリンゴ」と名付けられた
レモンの一種だった。

　15世紀初頭、現在のベルギーの町ヘントの名士だったヨース・ファイトは、私設の聖ヨハネ礼拝堂に設置するための祭壇画をフーベルト・ファン・エイク（1370頃-1426）に注文した。完成前に亡くなった兄の代わりに、弟のヤン・ファン・エイク（1390頃-1441）が祭壇画を完成させた。現在、この礼拝堂のあった教会の後身で1559年にシント・バーフ大聖堂となった建物で、祭壇画のほぼすべてのパネルを見ることができる。見られないのは《正しき裁き人》と呼ばれるパネルで、1934年に盗難にあい、現在は複製画が展示されている。

　開閉可能な祭壇画のパネルに描かれているのは、イエス・キリスト、聖母マリア、洗礼者ヨハネ、天使、寄進者であるファイト夫妻、受胎告知、そして祭壇画の別名でもある神秘の子羊の礼拝の情景などである。また両端のパネルの外側にはアダムとイヴが描かれている。ハンガリーのブダペストにあるエトヴェシュ・ロラーンド大学の美術史家ベアトリクス・メチと、ベルギーのブリュッセルにあるルーヴァン・カトリック大学の数学者ディーク・フイレブルックはこの絵、特にイヴが手に持っている果物に関心を持った（31ページ）。これは、一体何だろう？

　これが想像上の果物だという推測は、直ちに除外してよさそうだ。ファン・エイク兄弟は、写実主義と細密な描写で知られているからだ。イヴが手に持つ果物といえば、もっぱら連想されるのはリンゴだろう。しかし聖書には、リンゴではなく、果物としか記されていない。どんな果物を描くかは、画家の裁量に任されていた。

　例えば、ルーカス・クラナッハの《エデンの園》に描かれているのはリンゴである。ミケランジェロは、システィーナ礼拝堂の天井画にイチジクの実を描いた。ユダヤの伝承では、禁断の実を食べたアダムとイヴはイチジクの葉で裸身を隠したとされているためだ。ザクロも、聖書の『出エジプト記』やコーランに登場するという理由で支持者がいる。ただしザクロは樹木ではなく、灌木に生えるのだが。他にもレモン、ブドウ

の房、サクランボ、オリーブの実など、色々な果物が描かれてきた。

　何であれルネサンス期になると、エデンの園の禁断の実はリンゴであるとする説が西洋美術界に定着する。その理由の一つは、ラテン語の単語malumが「リンゴ」と「悪」の二つの意味を持つことにあるのだろう。

　しかしこれらの果実のどれも、ファン・エイクの祭壇画に描かれたものには全く似ていない。ヘントの祭壇画に関する著作があるシント・バーフ大聖堂参事会員のペーター・シュミットは、イヴが手にしているのはシトロンの栽培品種で、ユダヤ教の仮庵（かりいお）の祭［秋の例祭］で「エトログ」と呼ばれる果実ではないかとするルーク・デクエーカーの説を検討している。ナツメヤシ、ギンバイカの小枝、ヤナギの枝、それにエトログを束ねたものは、仮庵の祭に欠かせない。祭壇画の別のパネルには、これら4種類の中の別の植物を手にした人物が描かれている。とはいえイヴが持っている実は、エトログには似ていない。エトログの実は、絵に描かれているような球形ではないのだ。したがってシュミットは、この果実は表面がゴツゴツしたシトロンの一種だとしながらも、厳密な同定を行なっていない。

> イヴがかじったのは
> レモン、ライム、
> グレープフルーツの
> 初期の交雑種だった

ファン・エイクのイヴの果実に似た果実

フーベルト(1370頃-1426)と
ヤン(1395頃-1441)の
ファン・エイク兄弟
《ヘント祭壇画》(一部)

柑橘類の果実は、15世紀初頭のフランドル地方ではまだ珍しかった。しかしヤン・ファン・エイクは南欧、特にスペインにしばしば旅していたから、これらの果実を目にし、いくつか持ち帰った可能性もある。なかでも「アダムのリンゴ」という名を持つ品種、つまりライム（citrus lumia）の一種であるpomum adamiには強い関心をかきたてられたことだろう。実際この果物は、絵の中でイヴが持つ果実に似て丸い跡があり、それは最初の人間の嚙み跡を連想させるのだ。イタリアのカターニア大学の遺伝学者グループによると、この「アダムのリンゴ」は、グレープフルーツ、レモン、ライムの初期の交雑種の一つだった可能性がある。

　マルコ・ポーロがペルシアで目撃したかもしれない「アダムのリンゴ」は、アラブ人によって中東へ、その後13世紀半ばに十字軍兵士によってヨーロッパにもたらされたのだろうか。この植物は現在でも、柑橘類のための植物園で育てられている（30ページ）。楽園は失われたが、果実は残っているのだ！

かぎ針編み、サンゴ、そして幾何学

サンゴの形状は双曲幾何学で説明することができる。
そしてこの概念を形で表す数少ない方法の一つが、
古くから存在するかぎ針編みなのである。

　かぎ針編みには、決しておしゃれとは言えないイメージがつきまとっている。レース作りに似たこの手芸は、集会所などに集う年配の女性たちが好む趣味とされてきた。しかしこの古めかしいイメージは、必ずしも正しいとはいえない。近年、かぎ針編みは見直され、専門のブログが数えきれないほど登場している。それだけではない。ソファーやテレビを飾るかぎ針編み作品の背後には、科学の奥深い世界が潜んでいるのだ。
　これを追究したのが、マーガレットとクリスティンの双子のワーザイム姉妹である。二人が設立したロサンゼルスの造形研究所（IFF）は、数学と科学の美しく詩的な側面を、抽象概念を持ち出すことなく人々に伝えることを使命としている。
　《かぎ針編みによるサンゴ礁》と名付けられた二人の最初のプロジェクトは、文字通りかぎ針編みでサンゴ礁をつくる試みだった。突拍子もないようだが、実は極めて適切である。なぜか？　自然界には、ギザギザやフリフリやチリチリの形がたくさん存在する。例えば海藻やレタスやウミウシ……そしてサンゴだ。そうした表面は、存在する3種類の幾何学の一つ、双曲幾何学で表される。
　これを説明する一つの方法は、平行線公準を用いる。ユークリッドによれば、「直線外の一点を通り、その直線に平行な直線は一つしか存在しない」。2000年にわたり、これは反論不可能な真実とされてきた。しかし19世紀になると、数学者たちがこれに疑問を呈し始めた（ニコライ・リーマン、ベルンハルト・ロバチェフスキーなど）。その結果誕生した球面幾何学では、与えられた直線に平行な線は存在しない。反対に双曲幾何学では、その数は無限大になる。
　要するに、大昔から存在する、しばしばカラフルな姿をした様々な生物は、わずか200年足らず前に発見された概念によってようやく説明がつくのだ！　とはいえユークリッド幾何学と球面幾何学の場合、その構造をそれぞれ平面と球形として簡単に再現できるのに対して、双曲空間の構造を模型で示すことはなかなかできなかった。こ

マーガレットとクリスティンのワーザイム姉妹（1958-）（IFF）《かぎ針編みによるサンゴ礁》2005年

a

b

c

かぎ針編みは双曲幾何学である。次の段に進むごとに1目（a）、または3目（b）増やす。直線は黄色い糸で示されている（c）。

> 大昔から存在する
> 多様でカラフルな生物は、
> わずか200年足らず前に
> 発見された概念によって
> 説明される

の空間構造とその特性を整合性を持った図形に表現しようという試みは困難を極め、一度は不可能であると結論づけられるに至ったのである。

　様々な試みが行なわれた。例えばベルトラミ・クライン・モデル、ポワンカレ円板モデル（画家エッシャーはポワンカレ円板をもとに、作品のいくつかを制作した）などだが、どれもあまりに観念的すぎた。数学者ウィリアム・サーストンが制作した紙の模型は非常に壊れやすかった。1997年になって、ついにアメリカ、コーネル大学の数学者デーナ・タイミナが、かぎ針編みという解決策を提示した。

　段が進むごとに編み目を増やすというかぎ針編みの特徴は、双曲幾何学の特性に一致している。円周はユークリッド的空間では、半径に対して直線状に増大するが、双曲幾何学の空間では、指数関数的に増大する。そのため、サンゴに代表される双曲幾何学的な構造体は、かぎ針編みで作ることが可能なのである（34-35ページ）！

　IFFのプロジェクトは、「編み手募集」の広告から始まった。この動きは徐々に広がり、やがて世界中の何千もの人々がプロジェクトに参加するに至った。このプロジェクトに最初に関心を示した中に、アメリカ、ピッツバーグのアンディ・ウォーホル美術館があった。地球温暖化をテーマとしてこの美術館で開かれた展覧会に、最初の毛糸製のサンゴ礁が展示されたのである。

　その後、シカゴでは長さ300メートルのギャラリーが毛糸のサンゴで埋めつくされ、さらにニューヨーク、ロンドン、デンバー、コペンハーゲンで展示が行なわれた。展示される地にはIFFの支部が設けられて地元ボランティアによる制作活動を支えた。《かぎ針編みによるサンゴ礁》はこうして、芸術と科学を結びつける最大のプロジェクトの一つとなった。

球根とバブルとウイルス

17世紀初頭、チューリップの投機バブルが起こった。
特に人々に珍重されたのは、
ウイルスに感染した二色の花だった。

　2008年に、アメリカの住宅バブルをきっかけにサブプライムローン危機が発生した。その後2010年にはスペインで不動産バブルが崩壊し、この国の経済に大きな打撃を与えた。こうした例は、何世紀も前から繰り返されてきた経済危機の最も新しい例に過ぎない。それ以前にも、2000年のITバブル、1929年の世界的な金融恐慌、英国で幾度も繰り返されてきた不況（1847年、1836年、1825年、1810年、1797年……）など、枚挙にいとまがない。

　時代を遡って1637年、これは経済学者たちが、史上初の経済・金融バブルが頂点に達したと考える年である。バブルの中心にあったのは黄金、それとも香料？　いや、現在では極めてありふれた花、チューリップだった。オランダやその他のヨーロッパの数カ国では、17世紀初頭にチューリップの球根の価格が異常に高騰し、その後突如暴落した。

　この劇的なエピソードを取り上げたのが、フランスの画家・彫刻家ジャン＝レオン・ジェローム（1824-1904）である。第二帝政時代のアカデミズムの旗手で、誕生しつつあった印象派を公然と侮辱した後、大衆に忘れ去られたこの画家は、《チューリップ狂》（38-39ページ）という作品を描いた。鞘（さや）から抜いた剣を持つ一人の貴族が、貴重なチューリップが植えられた畑が蹂躙（じゅうりん）されないように見張っている。一方で背後では兵士たちが、チューリップの数を減らして価格を維持することを目的に、畑を踏みにじっている。そこに至るまでにどんな経緯があったのだろうか？

　チューリップ（ユリ科チューリップ属）は、西ヨーロッパから極東に至る各地に存在する。おそらく原産地は中央アジアで、植物学者のオージェ・ギスラン・ド・ブスベックによってヨーロッパに紹介された。ド・ブスベックは神聖ローマ帝国皇帝フェルディナント1世の大使として、スレイマン大帝治下のオスマン帝国の首都コンスタンティノポリスに派遣されていた。おそらく、ド・ブスベックがコンスタンティノポリスを訪れた1554年以降にチューリップの球根と種子がウィーンにもたらされ、そ

こからヨーロッパ全域に広まったのだろう。1590年代にはネーデルラント連邦共和国（現オランダ）に伝わり、ライデン大学に植物園を設立したばかりのフランドル人園芸家カルロス・クルシウスによって、その人気が広まった。

オランダでの熱狂はすさまじく、アムステルダムやオランダ北部の富裕な商人の庭で、チューリップはたちまちアネモネ、ライラック、ボタン、オダマキに取って代わった（当時、スペインとの戦いが続いたことにより、オランダ北部に資本が集中していた）。人々は競って珍しい品種の球根を買い求め、その値段はうなぎのぼりになる。例えば球根1個に職人の年収の10倍、あるいは5ヘクタールの土地、アムステルダムの高級住宅街の邸宅に相当する値段がついたのである。

人気の「センペル・アウグストゥス（無窮の皇帝）」や「ヴィス・ロワ（副王）」などの品種は、炎のような形や花弁の色割れ、斑入りを特色とし、つまり多色だった。ジェロームの絵で貴族が守っている花も多色である。斑入りと呼ばれるこの現象は、リボ核酸を持つポティウイルス科のポティウイルスに感染すると発症するモザイク病が原因であることが分かっている。植物のウイルス感染の30パーセントがポティウイルスによるものであり、チューリップやユリのこのような発色異常をひき起こすウイルスは、ポティウイルス科の5種類が知られている。

花弁に様々な太さの縞や帯が発生したり、炎のような模様を描いたりする色彩異常は、色素（アントシアン）の局部的な欠如や、反対に過剰な集積が原因で起きる。

ジャン=レオン・ジェローム(1824-1904) 《チューリップ狂》

> 珍しいチューリップの球根の値段は、職人の年収の10倍、あるいはアムステルダムの邸宅の価格に相当した

花弁の表と裏で模様が異なることも多い。

ポティウイルスは昆虫、特にモモアカアブラムシを介して伝染する。現在では、多色模様のチューリップは品種改良や交配によって作られ、モザイク病に感染した球根の販売は禁じられていることは強調しておこう。それでもポティウイルスは今でも自然界に存在し、2011年には、チューリップ畑を守るためにアブラムシの生態の研究が始まった。

しかし17世紀は現代と違い、ポティウイルスに感染したチューリップが贅沢品としてもてはやされたのだ！「チューリップ狂」は、当時の芸術界も席巻した。時には人間の様々な虚栄に対する批判として、色割れしたチューリップが、人生のはかなさを象徴する髑髏などの象徴とともに描かれた。チューリップはフランドルやネーデルラントの画家たちの描く花束にもたびたび登場した。なかでもヤン・ブリューゲル（子）は、《チューリップ狂時代の風刺》で、猿たちがチューリップを植え、収穫し、売る姿を描いて、人間の愚かしさを揶揄している。

この投機バブルはしかし、1637年2月はじめにハールレム（黒死病に襲われ取引が困難になった）で、一夜にして崩壊した。前日までは、同じ球根が日に10回も取引されていたのに、突如買い手の熱が冷めたのだ。数日のうちに球根の価格は100分の1に下落し、バブルがはじけた。

この出来事がオランダ経済に及ぼした影響については、経済学者の間でも意見が分かれている。一部の研究者は市場崩壊の結果、オランダ経済は長い停滞期に入ったと主張し、反対にその影響は限定的だったとする意見もある。

どちらにしても、その教訓はすぐに忘れられたようだ。1世紀後、同じオランダで、今度はヒアシンスを主役とした新たな投機バブルが発生したのだ！

白いスイカの謎

17世紀のイタリアの静物画には、断面が白いスイカが描かれている。
なぜ白いのだろう？ その答えを得るために、
天使の大好物と言われたこの果物の来歴を、
ツタンカーメンの墓から現代日本までたどって探ってみよう。

　去年の夏を思い出してみよう。セリーヌ、キャサリン、アラナ、そしてシュガーベビー……びっくりしないでほしい。これはすべて、スイカ（Citrullus lanatus）の品種である。このウリ科の植物の実は、最も清涼感を与えてくれる果実の一つであり、マーク・トウェインは小説『まぬけのウィルソンの悲劇』の中で主人公に、スイカは「神の恩寵によって創造されたすべての果実の王である。これを味わうことは、天使たちの食物を知ることだ」といわせている。

　そのような高貴な植物が絵に描かれない訳はなく、実際にスイカは様々な絵に登場している。例えばフランドルの画家アブラハム・ブリューゲル（1631-1690）［ヤン・ブリューゲル（子）の息子］の静物画や、イタリアの画家ジョヴァンニ・スタンキ（1608-1675）の作品にスイカが描かれている。後者の絵（42-43ページ）には少なくとも2個のスイカが見える。しかしこれは、あなたが夏に食べた果物とはおそらく似ても似つかない。確かに、現存する様々な品種の中には、赤だけでなく黄色、緑、あるいはクリーム色の果肉を持つものもある。しかしここに描かれているスイカの果肉はほぼ完全に白く、ごくわずかに赤いだけである。一体なぜだろうか？

　この問題に取り組んだのが、アメリカ、ウィスコンシン大学の農学者ジェームズ・ニンハウシュだ。まず、スイカの実の大部分は、種子のある肥大した胎座であることを覚えておこう。胎座は子房の中の、受粉前の胚珠がある部分だ。ニンハウシュによると、現代のスイカは、リコピン（トマトにも含まれる赤い色素）の量を増やすために行なわれた品種改良の結果生まれたもので、それによって果肉が真っ赤になったのである。

　しかしスタンキと同時代に描かれたブリューゲルの静物画のスイカは、明らかに赤い。ではスタンキが描いたスイカはまだ熟していないのだろうか？ いや、黒い種があるところを見れば、このスイカは明らかに、完全に熟してから収穫されたはずだ。

　このように様々な外見のスイカが描かれていることは、当時、理想のスイカを求め

ジョヴァンニ・スタンキ
(1608-1675)
《スイカとモモとナシのある風景》

て選択育種が進められていたことを物語っている。これは現在まで続いており、例えば「種無し（むしろ種が退行したというべきか）」スイカが市場に出回っていることからも分かる。このようなスイカの誕生は、それが正常な2倍体でなく3倍体（染色体数を2セットひと組ではなく3セットひと組持つこと）であることに由来する。日本の北海道でしか生産されない皮が黒い「でんすけスイカ」もまた、最近生まれたものだ。極めて珍しく美味なため、その値段は高騰し、1個何千ユーロもするという！

　スイカは確かに世界を征服したかもしれない（現在、世界の年間総生産量は1億トンを超える）が、その起源はほとんど知られていない。それならば、一体いつから天使たちはスイカを食べているのだろうか？イスラエルの農業研究機構の園芸学者ハリー・パリスの研究によると、スイカの起源は少なくとも5000年前までは遡ることができる。あらゆる歴史的痕跡をかき集めることによって、彼はスイカの壮大な叙事詩を明らかにすることに成功した。

　スイカの最も古い考古学的痕跡であるその種は、リビアで発見された。また、古代エジプトの墓（ツタンカーメンの墓など）では、種だけでなく壁画も見つかっており、そのいくつかは約4000年前まで遡る。驚くべきことに、描かれた実の一つは、球形で苦い味を持つ野生種とは一見して異なり、現在私たちに馴染み深い楕円形をしている［欧米では楕円形のスイカが一般的である］。

> 天使たちは少なくとも5000年前から、果物の王たるスイカを味わうことができた

　スイカは水分を貯蔵するため、こうした乾燥地帯では喜ばれたのだろう。同じ理由で墓に納められたことは間違いない。死者は長い旅路の間に喉の渇きを癒す必要があったのだから。こうした証拠から、パリスはスイカの原産地はおそらく北東アフリカで、そこで栽培化されたと結論づけている。

　古代文献を読むと、スイカはその後原産地から地中海沿岸地域に広まったことが分かる。大プリニウスは紀元1世紀に記した『博物誌』で、スイカの冷却効果を賞賛しているし、古代ローマの医師ディオスコリデスや古代ギリシアの医師ヒポクラテスも、その医学的効能を高く評価した。

　とはいえ、気をつけるに越したことはない。記憶に新しいところでは、2011年に中国で、農薬のホルクロルフェニュロンを使用しすぎた結果、何百個ものスイカが……爆発した！

第2章

数学と情報処理

巨匠が描いた設計図

キリストはサルバドール・ダリによって
十字の形をした超立方体の展開図に架けられた。
そして、4次元世界の存在となった。

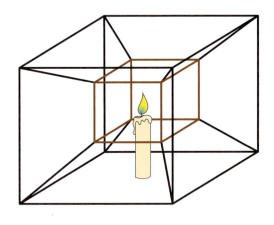

《超立方体的人体（磔刑(たっけい)）》。この作品名からはラテン語の「コーパス・クリスティ（キリストの体）」を意識していること、さらに4次元の世界を指していることがわかる。サルバドール・ダリの絵にはこれらの要素すべて、そしてさらに多くのものが含まれている。

3次元より上の次元の世界を理解するには、最も優れた数学者でさえ、代数や位数の規則の助けを借りなければ難しい。それならば、私たちが4次元世界の姿を見ようと思っても、かなりの努力を要することは当然だろう。

サルバドール・ダリの絵画に描かれているのは、私たちの生きる3次元空間に展開され、絵画という2次元空間に表現された4次元体（超立方体）である。2次元空間であるのは、作品の下方に描かれた市松格子の一部が、3次元の立方体の平面展開図であることからわかる。光の加減によって、我々の3次元の世界にいるキリストの存在が強調されている。両腕がつくる影のみが、4次元の十字架を構成する立方体に伸びている一方、伝統的な十字架には存在しない二つの立方体は、暗い色を使うことで目立たなくされている。

才能ある画家の作品を研究する者は、画家本人が思ってもみなかったような意味を作品に付与しがちである。それでも次の点ははっきりしている。ダリが描いた超立方体は正確で、下位の次元の空間に超立方体を描く場合の数学的規則に忠実に従っている。

上位の次元の物体を、我々の知る3次元空間に表現するために数学者が用いる規則はどんなものだろうか？　ダリの作品をよ

サルバドール・ダリ(1904-1989) 《超立方体的人体(磔刑)》

りよく理解するには、三つの段階を踏む必要がある。まず、1次元あるいは2次元の「立方体」が、より上位の次元の立方体にどのように移行するかを観察する。そして3次元から4次元という困難な移行を理解する。最後にダリと同じように「展開図」を描くことによって、立方体を下位の次元の空間にどのように表現するかを観察する。

ある長さの線分を直交する方向に同じ長さだけずらすと、その軌跡は正方形、つまり2次元の図形になる。同じように正方形をこれに直交する軸の方向へずらしていくと3次元の立方体となる。このような「直交する方向への」移動が、上位の次元への移行の鍵となることが分かる。超立方体を形成する場合も、立方体を上位の次元にずらさなければならない（図1）が、ここで問題が生じる。一部の数学者が言うように、

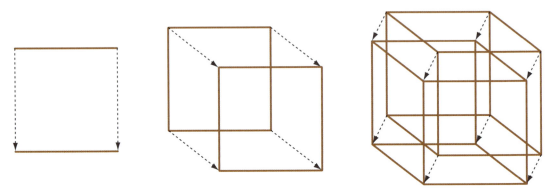

図1 ある線分を、これに対して直角の方向にずらすと、次元が一つ上がって正方形になる（左図）。正方形を同じように直角にずらすと立方体になる（中図）。さらに立方体を新しい次元にずらすことによって、超立方体となる（投影図、右図）。

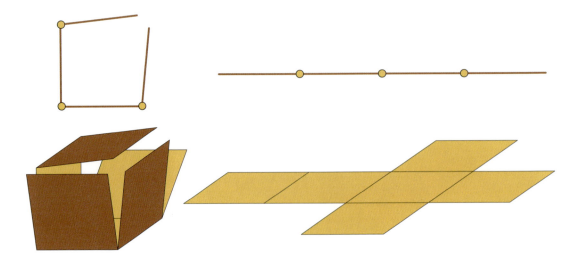

図2 n次元の物体を（n-1）次元の空間で展開すると、このような形になる。2次元の正方形の展開図は、1次元の線分となる（上図）。3次元の立方体の展開図は、2次元では「十字」となる（下図）。

目的を達するのは簡単ではないのだ。

　他のやり方はあるだろうか。一つの方法は投影法だ。立方体の側面に光を平行に照射すると、正方形が現れる。また正方形に光を横から照射すると線分が見える。このように投影は、図形の次元を下げていく一つの方法なのだ。投影法の特徴をよりよく理解するために、すべての投影線が平行である「太陽の」投影図の代わりに、光が一点から発する「光の」投影図に注目してみよう。すると、立方体の骨組みの投影図は4本の辺でつなげられた二つの正方形になるのに対して、超立方体の骨組みの投影図は、中心にロウソクの火がある場合、辺で接する重なり合った二つの「立方体」となる（46ページ図）。針金でこの図形を作った辛抱強い読者は、一定の角度においては、これを平面へ投影すると立方体の骨組みが現れることに気づくはずだ。

　上位次元の存在は、下位次元の物体の内部を容易に「見透かせる」ことに注目しよう。私たち3次元の存在は、2次元の物体の内部を隅々まで見通すことができる。これと同様に4次元の「神聖な」存在は、私たちの肉体――そして精神まで見透かすことが可能なのだ。

　それでは次にダリの作品の幾何学的真実を理解するために、展開図に注目してみよう。

　正方形の四つの辺を（一つの頂点を切り離してから）各角で開いた場合、正方形の1次元展開図になる。同様に立方体でも、七つの辺が適切に切り取られると2次元の展開図になる（図2）。切る方向を変えれば、様々な展開図が可能になる。それでは、ある図が立方体の展開図であることを、どう

> 立方体を
> 下位の次元で表す
> ために、ダリは床に
> 市松格子の展開図を
> 描きこんだ

すれば確認できるだろうか？　ここでグラフの出番だ。

　立方体の展開図にグラフを対応させてみよう。頂点は立方体の面を、実線は隣り合う面を表している。従って、立方体のグラフには六つの頂点がある（次ページ図3）。

　しかし、どんなグラフでも展開図に対応するわけではない。まず、展開図が一続きであるようにグラフも一続きであり、これを連結グラフと呼ぶ。さらに展開図は平面なので、三つの面がすべて2面ずつ接することはない。そうしないと展開図を折る余地がなくなるからだ。そしてグラフは輪を形成しない（無閉路）。このような連結した無閉路グラフを「木グラフ」と呼ぶ。

　次に、グラフ上で立方体の向かい合う面に対応する二つの頂点を破線で結ぶ必要がある。各面には番号が振ってあるが、向かい合う面の合計はどこも7となる。このような木グラフはペアであるという。

　これらの知識をもとに、必要な条件を満たすすべてのグラフを抽出し、数を数えると、次の結果が導き出される。六つのペアになる頂点をもつ木グラフは11通り存在し、従って立方体の平面図も11通り存在

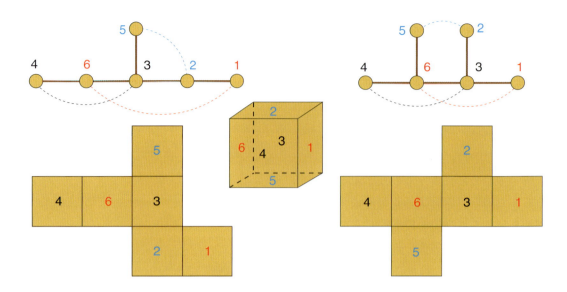

図3 ペアになる木グラフ。この連結した無閉路グラフは、頂点が二つずつのペアになっているが、これらの頂点は隣り合わない（上図）。これは立方体の展開図を表し、数える一つの方法である（下図）。ここには11通りある立方体の展開図のうち二つが示されている。

する。

　それでは絵画に描かれているような超立方体の問題に戻ろう。超立方体を、私たちの3次元空間に展開した場合を想像しよう。超立方体の「表面」を構成する八つの3次元立方体の24の正方形のうち17を切り取ると、超立方体の一つのパターンであるオクトキューブが得られる。八つの立方体はどれも一つの面で別の立方体に繋がっている。

　ここで八つの頂点を持ち、ペアになる木グラフ（これらの木グラフは、八面体の展開図でもある）をすべて探ると、ペアにならないものは23あることが分かる。数学者ピーター・ターニーがコンピューターで計算したところ、八つのペアになる頂点を持つ木グラフが261通り、つまり超立方体の3次元の展開図が261通り存在することが判明した。ダリの作品に描かれているのはそのうちの一つである。

　超立方体の展開図を2次元に投影したものは普通の立方体の展開図に等しく、これは絵の下の方に、市松格子で黒く塗られた四角で表現されている。

　ダリに話を戻そう。彼にこの数学の神秘を教えたのは誰だったのだろうか？　彼は様々な才能を持つ人々と出会うのが大好きだった。一日一人、新しい出会いがない時の彼は不幸だった……。画家、数学者、そしてチェスの名手だったマルセル・デュシャン、彼はダリの親しい友人の一人で、そして数学の師でもあったのかもしれない。

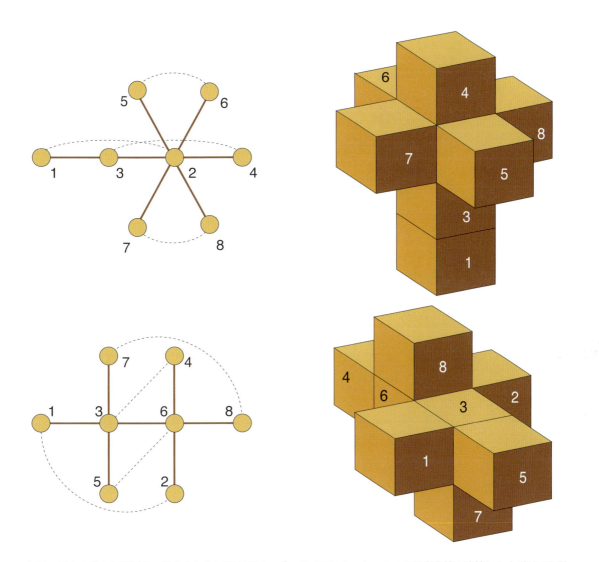

図4 超立方体の展開図は、隣り合わない頂点が二つずつのペアになった、八つの頂点を持つ連結した木グラフを利用して数え上げることができる。超立方体の展開図は261通り存在する。

干渉縞(モワレ)と視覚芸術

ヴァザルリの作品は、
物理と数学の世界へと私たちをいざなってくれる。

数学者はパターンを作る人間である。
生み出すパターンは、画家や詩人が作るものと同様、美しくなければならない。
その発想は、色や単語と同じく、互いに調和していなければならない。
―――ゴッドフレイ・ハーディ［1877-1947、イギリスの数学者］

1965年にアメリカのニューヨーク近代美術館で、干渉縞(モワレ)や明滅などの目の錯覚を利用した、いわゆるオプ・アート（視覚芸術）の史上初の展覧会が開催された。そこで作品が紹介された芸術家の中には、フランソワ・モルレ［フランスの画家・彫刻家（1926-2016）］や、この運動の先駆者であるハンガリー系フランス人画家ヴィクトル・ヴァザルリ（1906-1997）がいた。大衆と批評家の双方から好意的に迎えられたヴァザルリは、「オプ・アートの発明者」として知られるようになる。この新しい芸術様式に対する当時の人々の熱狂ぶりは、『ヴォーグ』誌から『サイエンティフィック・アメリカン』誌に至る数多くの雑誌が、オプ・アート作品で表紙を飾ったことからも明らかだ。その美しさや幾何学的な正確さなど、様々な点が人々の好みに合致したのだった。

ヴィクトル・ヴァザルリは、バウハウスのハンガリー版というべきムヘイ［ワークショップの意］で学んだ。バウハウスは、1919年にヴァルター・グロピウス［ドイツの建築家（1883-1969）］がドイツのワイマールに設立した美術学校である。あらゆる造形活動が目標とすべきは製造および建築であると、グロピウスは考えていた。バウハウスは1933年に閉鎖されたが、ヴァザルリはムヘイにてヨゼフ・アルバース（1888-1976）やパウル・クレー（1879-1940）、ワシリー・カンディンスキー（1866-1944）などの抽象芸術の創始者たちの教えを間接的に受け継いだ。

1930年にパリに移り住んだヴァザルリは、やがて幾何学的抽象［幾何学的な線・面・量塊などによって構成される、抽象を用いた芸術の一形式］の大家の一人となり、特に遠近法をはじめとする様々な理論研究の成果を

ヴィクトル・ヴァザルリ(1906-1997) 《トランスペアレンス(透明)》

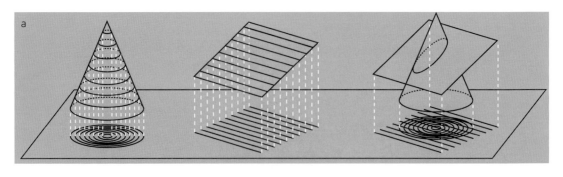

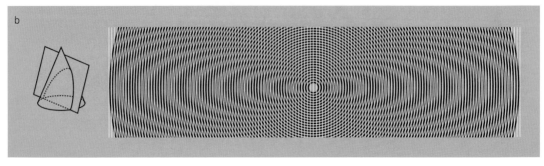

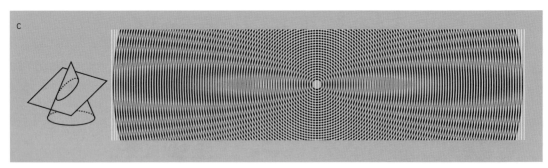

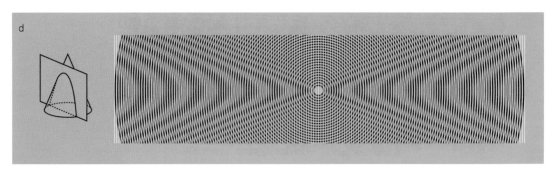

図1 モワレ縞(上図)は、同心円と平行直線を重ねると現れる。円錐面に等高線を描き、それを底面に映すと同心円になる(図a左)。一方、傾きを持つ平面の等高線を底面に映すと平行直線群になる(図a中央)。この二つを重ねると、モワレが現れる(図a右)。円錐に対する平面の傾きによって、平面と円錐面の交点は放物線(図b)、楕円(図c)、双曲線(図d)を描く。

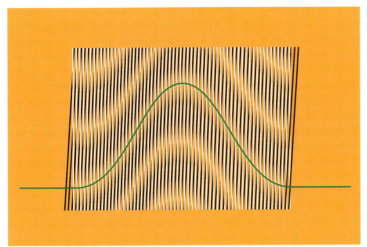

図2 モワレのおかげで、二つの周期関数の干渉の問題を視覚化することができる。ここでは白い縦線は等間隔に配置されているのに対して、黒線の配置は二つの格子が重ね合わされた場合に現れるガウス曲線（緑）を描いている。

作品に反映させた。1953年に発表された《トランスペアレンス（透明）》と名付けられたシリーズには、モワレが登場する（53ページ）。等間隔の直線を、透明な画材に印刷された同じモチーフ（またはそのネガ）に重ね、後者をずらすことによって、モワレが現れるというものだ。

この現象の数学的な説明を試み、そしてこれが物理学者にどう役立つか検討してみよう。最も単純なモワレを見るには、等間隔の線がひかれた二つの全く同じ平行直線格子を重ね合わせ、わずかにずらしたり回転させたりすればよい。大きな濃い縞模様が現れ、格子がぴったり重なるほどその間隔は大きくなる。

モワレの原理を理解するために、射影幾何学と関連づけて考えてみよう。射影幾何学とは、3次元空間にある物体をいかに2次元空間に投影するかを扱う数学の一分野だ。例えば底面に平行で等間隔の一連の平面と円錐の交点を投影すると、底面に平行な投影面には同心円が現れる（54ページ図1a）。同様に、傾いた平面と、投影面に対して垂直な一連の面の交点は平行線を描く。この平行直線は、投影面に対して最初の面が作る角度が小さいほど間隔が大きくなる。

このように射影幾何学の考え方によれば、円錐は同心円に等しく、平面は格子に等しい。では同心円と格子を重ね合わせた場合、どんなモワレ模様が登場するだろうか？　それは放物線、楕円、双曲線、（図1b〜d）など、つまり数学者たちが円錐曲線と呼ぶ、円錐を平面で切断した時の様々な断面である。

格子の平行直線の間隔が同心円にほぼ等しい場合、モワレは放物線を描く。間隔が開く、つまり交差する面が水平に近づけば近づくほど、モワレは楕円になる。反対に間隔が縮む、つまり平面が立ち上がるほど、モワレは双曲線になる。

モワレのおかげで、2種類の平行直線を重ね合わせてガウス曲線を再現することもできる（図2）。独立した多数の因子の和として示される確率変数の確率分布は、釣鐘のようなガウス曲線を描く。一つ目は、等距離で垂直な平行直線群である。二つ目の直線群の間隔は、変数が各値をとる確率

を示している。つまり最初の格子の平行直線は等間隔であるのに対して、後者の間隔は中央がより狭い。その結果現れるモワレはガウス曲線を描く。

物理学の分野でも、モワレは利用される。例えばモワレの特徴の一つとして挙げられるのが、2種類の周期の差異を強調することだ。2種類の平行直線群が完全に等しい場合、両者は重ね合わせた時に完全に一致する。反対に規則性や間隔が微妙に異なる場合、重ねた時にその差は簡単に見てとることができる（下図）。

モワレのこの特徴を利用して、1874年にイギリスの物理学者レイリー卿（ジョン・ウィリアム・ストラット）（1842-1919）は、回折格子の品質検査の方法を編み出した。回折格子とは、等間隔の溝が刻まれた（当時は）ガラス製の透明な板で、光の特徴を調べるために利用されていた。検査対象の板を品質が保証されているオリジナル板に重ねることによって、すぐに欠陥品を見つけ出すことができたのである。

光の問題をもう少し考えてみよう。結晶学の分野でも、モワレは研究に大いに役立っている。例えば二つの非常に薄い結晶を重ね合わせると、電子顕微鏡でモワレを観察することができる。ところがもっと厚い結晶の場合、電子顕微鏡の電子線は、互いに離れた結晶を透過する力を持たず、両者が完全に重なり合っていなければ透過できない。

その結果現れるのが、電子が原子格子を通過する際に発生するモワレである。このモワレを観察することにより、多くの情報が得られる。例えば、先に挙げたようなモワレの増幅機能によって、原子の直径以下

> **モワレは、物理学の様々な分野で活用されている**

という極めて小さな結晶構造の異常（10分の1ナノメートル）を見つけることが可能になる。これは顕微鏡よりも100倍から1000倍高い解析能力だ。

モワレにエックス線を組み合わせることにより、結晶学者はタンパク質など特定の分子について、その結晶の原子構造を調べることができる。また、レンズの品質検査にもモワレは役立つ。二つの格子と、模様の拡大を修正する二つの「正確な」レンズ

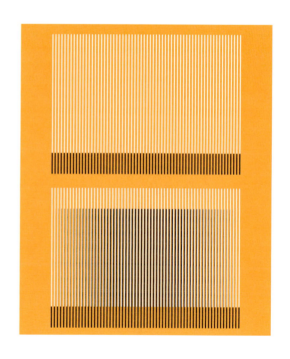

の間に、検査対象のレンズを設置すると、このレンズに歪みがある場合、モワレは曲線を描く。

最後にモワレのおかげで、砂糖などが水に溶ける速度を調べることができる。二つの平行直線格子の間に水溶液を置くと、砂糖が溶けるにつれて光の屈折率が変化し、それに応じて観察されるモワレの模様が変化する。

ヴァザルリはこうした科学界の動向に通じていた。しかし果たして彼は、モワレが提供するこれほど大きな可能性についても知っていたのだろうか？

謎めいたソナ

中央アフリカの語り部が
物語を紡ぐ時に描く模様は、
数学者に対して数字の組み合わせという
謎を突きつけるものである。

　アンゴラ北東部のルンダ地方に、人口100万人のチョクエ人が住んでいる。チョクエ人は1950年代末まで、一日の狩りが終わってから火の周りに集まり、アクア・クタ・ソナと呼ばれる語り部が、厳密に定められた様式に従って紡ぎ出す物語に耳を傾けたものだった（61ページ図3）。語り部は地面の砂を手で清めて滑らかにならしてから、まず格子点を描いた。そして物語が進むにつれて指でこれらの点を囲むように線を引いて、ある種の挿絵とした。例えばウサギと塩鉱の物語（下図右）では、ウサギ（A）が塩鉱（B）を発見する。しかしライオン（C）、チーター（D）、ハイエナ（E）もこの塩鉱を狙っており、それぞれ最も強い者が塩鉱を手に入れるべきだと主張する。最終的にはウサギが議論に勝利して塩鉱を独占し、他の者は描かれた曲線のせいで塩鉱に近づくことはできない。

　長い伝統を持つソナ（単数形でルソナ）

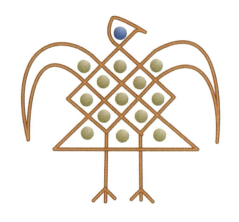 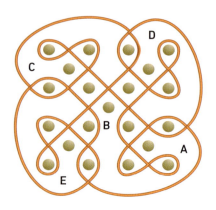

チョクエ人のソナ（1950年代末）　鳥（左）、ウサギと塩鉱（右）

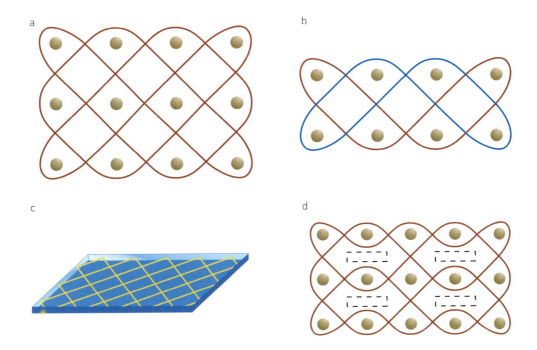

図1 最も単純なソナは、機織りパターンである。これは格子点の間を斜めに走る線で構成される。ほとんどはひと筆書きが可能（a）だが、なかには何回かに分けて描く必要があるものもある（b）。こうしたパターンは、内壁に鏡が貼られた囲いの中を走る光線の軌跡に似ている（c）。ペアとなる横列のうち、縦列の向かい合う2点の間に鏡を置くと（点線で表示）、ソナの「ライオンの胃袋」パターンが現れる（d）。

と呼ばれるこうした砂絵は、格言や伝説、遊び、動物、謎などを説明し、若い世代に知識を伝える重要な役割を果たしてきた。線に中断や乱れがあってはならず、語り部はためらいなく一気に線を引くことが求められ、これに失敗した者は、修練が足りないとして満座の嘲笑を浴びた。

最初に置かれた格子点は、ソナの語り部であるアクア・クタ・ソナが絵を記憶する一助になった。物語の内容や描こうと思うパターンによって、列や行の数は異なってくる。例えば「ニワトリの追い回し」パターンの場合、格子点6個が5列、置かれた。昔から伝わる座標の一例であるこのシステムのおかげで、アクア・クタ・ソナは、ソナ全体ではなく、縦列と横列の数という二つの数を記憶するだけで済んだのである。

機織りの模様に似たソナは最も単純なものの一つである（図1）。その中には、ひと筆書きで、すべての格子点を囲んでから出発点に戻るものもあれば、分けて描かれるものもある。アメリカ、ルイジアナ州シュリーブポートのセンテナリー大学のマーク・シュラッターは、機織りパターンや、「ライオンの胃袋」パターンと名付けられた別の系統のソナの数学的特性を分析し、どのような場合にひと筆書きが可能かを解明した。縦列と横列の数が決まっている場合、一つのパターンを描くのに一体何回に分けて描くのだろうか？

シュラッターはまず、モザンビークのマプトにあるエドゥアルド・モンドラーネ大学の数学教授パウルス・ゲルデスから着想を得て、ソナの絵を、内壁に鏡が貼られた

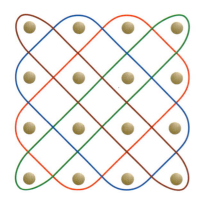
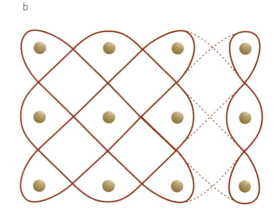

図2 機織りパターン（最も単純なソナ）のうち、正方形（a）を描くには、一辺に並ぶ点の数と同じ数の線——ここでは4本——が必要である。あらゆる格子について、これを正方形に分割することによって、必要な線の数を割り出すことが可能だ（b）。モチーフ全体を描くのに必要な線の数は、残った部分に要する数に等しい（横3列、縦4列のモチーフはひと筆書きが可能である）。または、モチーフが正方形の組み合わせで構成されている場合、必要な線の数は、分割された一つの正方形を描くのに要する線の数に等しい。

長方形の囲いの中を走る光線の軌跡と比較した（図1c）。光線は囲いの隅から、長方形の内角に対して45度の角度で発射される。そして内壁に反射して格子点の間を斜めに走る。

次に、第一段階では、一辺に格子点がn個並ぶ正方形の場合、n回に分けて書く必要があることを示した（図2a）。実際、格子点の位置を座標システムで記すと、$(a, 0)$の点を出発した線はまず$(n+1, n+1-a)$、次いで$(n+1-a, n+1)$、そして最後に$(0, a)$を回って出発点に戻ってくる。どの線も3回跳ね返ってから出発点に戻るため、その軌跡は4本の斜線となる。従って、格子のすべての斜線をたどるにはn本の線が必要になる。

第二段階では、機織りパターンを正方形の構成部分に分割し（図2b）、モチーフ全体を描くのに必要な線の数は、残りの部分を描くのに必要な数に等しく、それはまた、パターンが正方形だけで構成されている場合の1個の正方形を描くのに必要な数にも等しいことを示した。例えば、横3列、縦4列のモチーフは、9個の点から成る正方形と、ひと筆書きが可能な3個の点の列に分けることができる。従って、この最後のひと筆書きと、正方形を描くのに必要な3本の線を組み合わせたモチーフ全体では、ひと筆書きが可能である。一方、横2列、縦4列のモチーフの場合、4個の点からなる正方形を取り去り、同形の正方形1個を

> ソナの語り部は、
> 中断や乱れなしに
> 一気に絵を描く

図3 ソナの語り部であるアクア・クタ・ソナは、チョクエ人の伝統の守り手である。彼らは物語の初めにまず格子点を記し、そこに指でソナと呼ばれる砂絵を描いていく。

残す。この正方形に機織りパターンを描くには、2本の線が必要であり、従ってモチーフ全体にも2本の線が必要になる。最初の正方形を取り去った後に残る格子がまだ大きい場合は、単純なモチーフが得られるまで同じ作業を繰り返す。

このプロセスは、与えられた二つの数、この場合は縦列と横列の数の最大公約数を求める作業と言える。図形を分割することによって縦列または横列が1本だけ残る場合、二つの数字の公約数は1の他に存在せず、互いに素であるという。この場合、モチーフ全体のひと筆書きが可能だ。このように、機織りパターンを描くのに必要な線の数は、縦列と横列の数の最大公約数に等しい。

シュラッターは次に、「ライオンの胃袋」パターンのソナを調べた（図1d）。これは、ペアとなる横列のうち、縦列の向かい合う2点の間に両面鏡を設置した場合に観察される光線の軌跡に似ている。このモチーフを描くのに必要な線の数を調べるために、（鏡の有無にかかわらず）縦列の間を進む線の動きを分析した（図4）。

交差直後の線分を、例えば横3列、縦5列の格子の場合1から6まで数えると、次の縦列では、その順序が入れ替わる。鏡のない縦列の方向転換はAとし、鏡のある縦

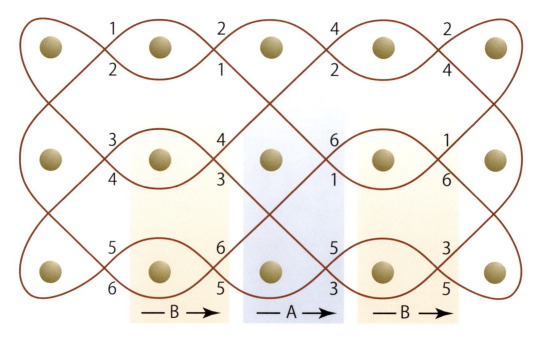

図4「ライオンの胃袋」パターンのソナを描くのに必要な線の数を決定するために、2種類の方向転換のパターン（AとB）を調べる。線が最初の縦列を越えたところで1から6までの数字を割り振り、これに続く縦列を越える時にどう変化するかを調べる。Aは鏡のない縦列を越える場合を、Bは鏡のある縦列を越える場合である。方向転換の組み合わせ――ここではBAB――を分析した結果、$n-1$が4の倍数である場合はひと筆書きが可能だが、そうでない場合はm本の線が必要であることが判明した。

列の方向転換はBとする。すると、最終列の前の縦列までに起きた方向転換はAとBの組み合わせ、この場合はBABという「言葉」を示す。

こうして、横m列、縦n列の「ライオンの胃袋」パターン全体では、鏡は1列おきに置かれているため、BとAが交互に現れる。これを単純化することも可能だ。例えば、Bのような方向転換が連続して起きる場合には、線分の順番は入れ替わらない。同様にAタイプの方向転換が$2m$回起きると、その効果は相殺される。一方$BA=A^{2m-1}B$である。最終的に、単純化するとA^jB^kとなり、この場合kは0または1に等しく、jは正数である。「ライオンの胃袋」パターンの「言葉」はBABABA…またはB(AB)^{k}なのである。kがとる値を分析した結果、シュラッターは、横m列、縦n列のこのようなモチーフは、$n-1$が4の倍数の場合はひと筆書きが可能だが、そうでなければm本の線が必要であることを示した。

チョクエ人のソナの研究は民俗学の範囲を超えて、ルンダ幾何学という新しい数学分野を誕生させたのである。

四角と樹木

データを視覚化するために編み出された新しい方法は、抽象的な構図で有名なオランダ人画家に対するオマージュでもある。その出発点となった樹木はモンドリアンの作品の変遷にも深く関わっている。

　2014年10月から2015年4月にかけて、ワシントンの米国科学アカデミーは一風変わった特別展を開催した。65ページに紹介されているのは、展示作品の一つだ。これは、オランダの画家ピエト・モンドリアン（1872-1944）の作品だろうか？　確かに《赤・黄・青のコンポジション C No.III》（66ページ）のような作品と酷似している。この特別展は「Every AlgoRiThm has ART in it: Treemap Art Project（すべてのアルゴリズムは芸術を内包する：ツリーマップ・アート・プロジェクト）」と題し、ベン・シュナイダーマンの業績に敬意を表して開催された。シュナイダーマンはメリーランド大学カレッジパーク校のコンピューターサイエンスの名誉教授である。抽象芸術の先駆者と情報科学の間に、いったいどんな繋がりがあるのだろう？　その繋がりは、最初に受ける印象よりもはるかに深いものだ。

　まず、モンドリアン作品にそっくりなこの作品をよく見てみよう。これはツリーマップと呼ばれ、データを可視化する一つの方法だ。限られたスペース——この場合は長方形の中に、階層的に情報が表示される。1990年代初頭にこの方法を編み出したのが、シュナイダーマンだった。

　あっという間に飽和状態に達することの多いサーバー内で、シュナイダーマンは容量の大きなファイルやフォルダを見つけやすくしようと考えた。そこで、ストレージディスクを占める個々のデータを表示する新しい方法を編み出した。その出発点となったのが、ディスクの内容を表す樹形図である。長方形は主枝を表し、その中には側枝を表すもっと小さな長方形が敷きつめ

> 大事なのは、
> 限られたスペース内に
> 階層的に情報を
> 表示することだ

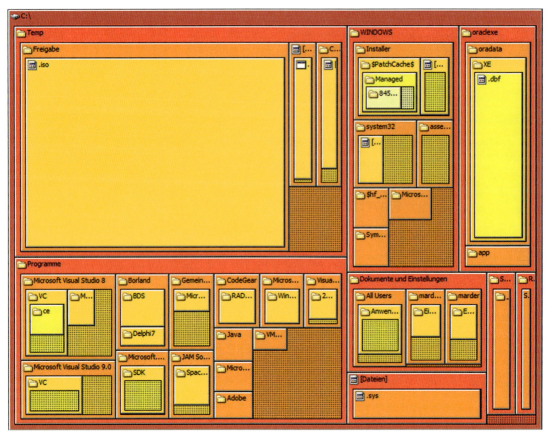

ツリーマップによるディスクスペースの表示。ハードディスクC:/内に保存されたファイルやフォルダが示されている。樹形図の枝はすべて長方形で示され、その中のもっと小さな長方形は側枝である。

られ、これが繰り返されて最終的に個々のファイルを示す長方形にたどり着く。すべての長方形のサイズは、その内容の容量に比例している（上図）。アルゴリズムによって、全体は長方形の中にうまく収まっている。

色などの他の特徴を活用することによって、全体の中から必要なものを簡単に見つけ出すことができる。要するに、樹形図とこれを構成する各要素は、まるで樹木を真上から見下ろした時のように、平面上に投影されているのだ。

このメソッドは成功を収め、現在では国家予算、選挙結果、貿易額、都市人口、二酸化炭素の排出量などを視覚化して分析するために、ツリーマップが活用されている。それでは、モンドリアンの「ツリーマップ」にはどんな経緯があったのだろうか？

シュナイダーマンは、アメリカのあるインターネットラジオが創立10周年に際して発表したヒットチャートをツリーマップに示した。最も人気の高い20名のアーティストが長方形で表され、その大きさは再生回数に比例している。音楽ジャンルごとに色分けされ、白はロック、黄色はポップス、青はオルタナティブ、赤はヒップホップに対応している。この色の選択は、モンドリアンへのオマージュで、それもまた決して

アメリカのインターネットラジオのヒットチャートをもとに、ベン・シュナイダーマンが作成したツリーマップ。最も人気のある20名のアーティストが長方形で表示され、その大きさは彼らの人気（再生回数）に比例している。

偶然ではない（上図）。実際、美術史家たちは、モンドリアン自身が抽象画に至った経緯にも樹木が大きく関わっていたと考えているのだ。

簡単に言えば、1900年代の終わりまで、モンドリアンの作品にはしばしば樹木が登場したが、それは何よりも風景の中の重要な一要素としてだった。例えば《ガイン川沿いの木立》（1907）や《日没の赤いポプラ》（1908）などが挙げられる。その後、樹木は孤立した主題となる（《日没：赤い木》（1910）や《灰色の木》（1912）など）。最終的に、抽象画への移行は《花咲くリンゴの木》（1912）と《コンポジションⅦ》（1913）で決定的になる。樹木の姿はぼんやりとして、徐々に枝の名残である縦や横の線に取って代わられた。従ってモンドリアンこそ、ツリーマップの精神的な父なのだ！

ピエト・モンドリアン(1872-1944) 《赤・黄・青のコンポジションC No.III》

5世紀もの先取り

中世イスラム職人の装飾は、
わずか40年前に発見された
非周期的平面充塡を先取りしている。

スペインのグラナダにあるアルハンブラ宮殿からインドのタージ・マハルまで、イスラム芸術には数々の素晴らしい建築が存在する。こうした建築遺産のうち、10〜15世紀の間（イスラムにおける中世）に建てられたものの多くは、イランのイスファハンにあるダーブ・エ・イマム廟（1453年建立）（69ページ）に見られるように、ジグザグの線や複雑な模様で装飾されている。こうした装飾はどうやって作られたのだろうか？　コンパスと直定規を用いたのだろうか？　アメリカ、ハーバード大学のピーター・ルーとプリンストン大学のポール・スタインハートは、これに異議を唱えている。彼らによれば、それは五つの基本的な多角形を用いて作られた平面充塡なのだ。

アフガニスタンのヘラートにあるホジャ・アブドラ・アンサリ廟の装飾（次ページ図1）を例にとって、二つの制作方法を検討してみよう。まず、十角星を含んだ繰り返されるモチーフが見られるが、これはコンパスと直定規で描くことができる（図2）。

一方で、多角形を利用して制作することも可能だ（次ページ図1右）。十角星を囲み互いに接する二つの部分（次ページ図3、水色）で、星の隣り合う二つの角を延長して交差させる。すると三つの多角形（緑、青、赤）が得られる。他の装飾にも同じ方法を当てはめると、さらに二つのモチーフ（紫、黄）が得られる。こうして、イスラム美術に見られるほとんどのパターンの再構成に必要な五つの基本的な多角形が揃う。イスタンブールのトプカプ宮殿に保管されてい

> いくつかの多角形
> パターンを利用して、
> あらゆる装飾を制作する
> ことが可能だった

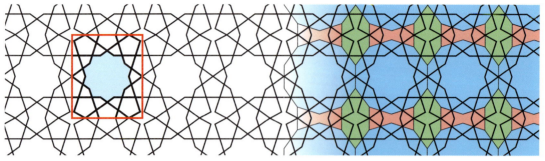

図1 赤い四角で示されている部分が、ホジャ・アブドラ・アンサリ廟のこの装飾で反復するモチーフである。

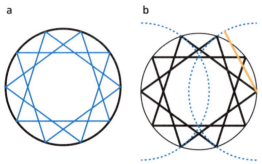  

図2 図1のモチーフを直定規とコンパスで作成する場合。円の中に描かれた十角星（a）をもとに二つの半円（b、点線）を描く。その半径（オレンジ）の長さは、三つ目の角を間に挟んだ二つの角の間の距離に等しい。こうして得られた長方形の内部で、十角星を構成する各線を延長する（c）。星を内包する円に上下で接する2本の水平直線を使って、最後の直線（青）を得ることができる（d）。最終的に十角星の中の多角形（緑）を消せば、反復図形が得られる。

るものなど、15世紀のいくつかの古文書には、当時の職人がこのような多角形を利用したことが記されている。

基本的な多角形には、注目すべき幾何学的な特徴がある。まず、すべての辺の長さが等しく、各辺の真ん中で2本の装飾線が切れている。次にどの線も交差する線と72度か108度の角度を形成している。その結果、多角形を自由に組み合わせることができ、その場合、装飾線は同じ方向にまっすぐ伸びていく。最後に、どの線が作る角度も36の倍数なので、すべてのタイルが充填されると、すべての線が五角形に平行になる。このような5を基本とするシンメトリーを用い、一つだけのモチーフで平面を充填させるのは不可能だ。

この技術は、装飾職人の仕事をやりやすくしたに違いない。多角形のモデルさえあ

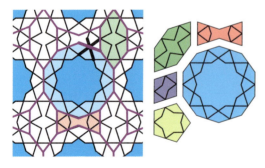

図3 ホジャ・アブドラ・アンサリ廟の装飾タイルは、三つの基本的な多角形（ここでは緑、青、赤）を利用して制作できる（左図）。さらに二つの図形（右図の紫、黄）を加えれば、その線状装飾を利用して、イスラム芸術で知られているほとんどすべてのモチーフを再現できる。

ダーブ・エ・イマム廟、1453年、イスファハン、イラン

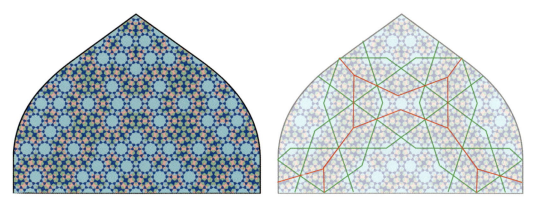

図4 15世紀に登場したのが、自己相似形の活用である。ダーブ・エ・イマム廟では、空間を分ける多角形は、それ自身がより細かい多角形で充填されている。装飾線は緑で表示されている。

第2章 数学と情報処理 69

れば、コンパスと直定規だけでは難しいものも含め、あらゆる模様を制作し、装飾することが可能だからだ。さらに目を楽しませるために、ダーブ・エ・イマム廟に見られるように、装飾的な線で埋めつくされたモチーフが作られた。

これに加えて、15世紀になると新たな発明がなされた。自己相似形が発見されたのだ！　つまり装飾空間を大きな多角形で分割し（前ページ図4）、そのそれぞれを、より小さな多角形で充填するのである。

五角形の相似にこの特性を組み合わせた結果、非周期的な平面充填が可能になったのだが、数学者がこのことを発見したのは……ようやく1970年代になってからだった。最もよく知られているのは数学者ロジャー・ペンローズが考案したペンローズ・タイルである［ペンローズは1974年に2種類の菱形タイルを使ったペンローズ・タイルを考案した］。中世イスラム文明の数学者や芸術家が、自分たちの成し遂げたことを自覚していたという証拠はないが、だからといって彼らの偉業はいささかも減じられない。

数学とファッションの深い関係

日本のファッションブランド、
イッセイ ミヤケは、ポアンカレ予想を証明する
幾何化予想に着想を得て、コレクションをデザインした。

2010年3月5日、ファッションブランドのイッセイ ミヤケはパリのカルーゼル・デュ・ルーヴルで秋冬コレクションを発表した（72-73ページ）。観客の中には、多くのファッション・ジャーナリストに混じって、フィールズ賞を受賞した二人の数学者の姿があった。ロシア系フランス人のマキシム・コンツェビッチ（1998年受賞）とアメリカ人のウィリアム・サーストン（1982年受賞）である。

数学と衣服の関係には長い歴史があった。フランスの数学者エティエン・ギース（1954-）は、ロシアの数学者パフヌティ・チェビシェフ（1821-1894）が1878年に、「布の裁断について」という記事で布の形の変化を取り上げていたことを知ったという。それでも、なぜイッセイ ミヤケのファッションショーに彼らがいたのか、興味がわく。モデルの身体を包む布やドレープや結び目に数学的思考が隠されていたのか？ そう、実はコレクションの着想の源となったのは、幾何化予想という定理で、これは意外な観客の一人であるサーストンによって1980年代初めに提案され、2003年にロシア人数学者グリゴリー・ペレルマンによって証明されたものである。

これを理解するには、時を遡って20世紀初頭のフランス人数学者アンリ・ポアンカレ、特にその定理の一つに注目しなければならない。ポアンカレ予想として知られるこの定理では、すべての3次元閉多様体、つまり有限で穴を持たない多様体は、3次元球体に変形できるとする［多様体とは、高次元の空間を研究するために導入された概念で、様々な幾何学的図形の集合を一つの空間とみなした場合のその空間のことをいう］。

サーストンとペレルマン以前、この定理が証明可能かどうか、数学者たちの意見は割れていた。それでも、ポアンカレ予想を一般化したものである幾何化予想が正しいことにはみな納得していた。幾何化予想は、近接するがはっきり異なる数学の2分野である位相幾何学（トポロジー）と幾何学を結んでいる。前者は、例えばサッカーボールとラグビーボールは変形しても同じ形（同相）だと考えるのに対して、後者で

イッセイ ミヤケ　2010-2011年秋冬プレタポルテ・コレクション

は厳密で変形しない物体の形状や長さを対象にする。

トポロジーでは、境界がなく、向き付け可能で「有限な」すべての面を分類することができ、球、トーラス（T^2）つまりドーナツ形、そして多孔トーラスに大きく分けられる。驚くべきことに、それぞれが3種類の幾何構造に対応している。つまり球面幾何学、ユークリッド幾何学、双曲線幾何学だ。次にその意味を探ってみよう。

球面幾何学は、地球のような球を扱う。球面上では、例えば三つの直角を持ち、内角の合計が180度より大きい三角形も存在し得る。次のユークリッド幾何学は学校で学ぶ幾何学で、トーラスの表面を扱う。最後に双曲幾何学（三角形の内角の合計は180度より小さい）は、多孔トーラスに当てはまる（穴の数を種数という）。どの場合でも、扱う面によって幾何学の性質が変わるわけではなく、同質である。例えば三角形が球面のどこにあろうと、その幾何学的特性は変わらない。

ではトーラスの表面の幾何学を、ユークリッド空間に埋め込むことができるのだろうか？ もちろん！ これを理解するために、貼り直しという概念を導入しよう。これは、イッセイ ミヤケの服の秘密を解明するうえでも役に立つ。正方形の向かい合う辺を貼り合わせると円筒になる。その二つの丸い開口部を同様に貼り合わせると、トーラスになる（左図）。最初の正方形に注目すると、直線の終わりに達した一辺は、そのまま反対側に接続する。従って、正方形の表面、この場合はユークリッド幾何学において有効な規則は、正方形とトーラスが同相なため、トーラスでも有効なのである。ただしこれが正しいのは、（ユークリッド幾何学が対応する）平面を正方形で充填することが可能だからであることを強調しておこう。

しかしこれは、多孔トーラスには当てはまらない。2穴トーラスは八角形に展開できるが、八角形で平面を充填することはできない。ここで対応するのはユークリッド幾何学ではなく、双曲幾何学なのだ。ファッションショーを飾ったのも、3次元空間に展開された双曲線だった（次ページ）。

3種類の基本位相（球、トーラス、多孔トーラス）のうち、球は収縮しない線を持たないという特徴を持つ。つまりその表面

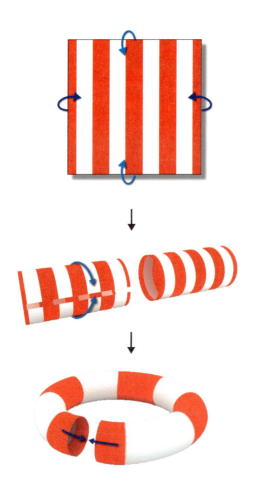

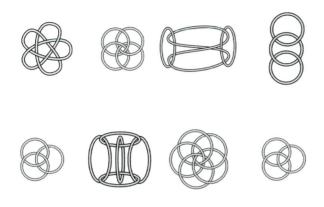

サーストンの八つの結び目(左図)。そのうち一つのデザイン例(右図)をもとに、服の制作が行なわれた。

上にひいたどんなループでも、連続的にこれを絞れば一点に回収される。これは他の位相には当てはまらない。

次に次元を一つ上げて考えてみよう。例えば3次元トーラス(T^3)は、ちょうどT^2が正方形の各辺を貼り合わせたものとされたように、立方体の対向する面同士を貼り合わせたものと考えられる。同様に球面(2次元球面)は、3次元球面(S^3)に対応する、つまり(4次元空間において)、ある原点から等距離の点の集合体であるといえる。従って、ポアンカレ予想を次のように言い換えることができる。少なくとも4次元の空間において、3次元空間のすべてのループが一点に回収できる場合、これは3次元球面(S^3)と同相であると。

2次元球面は、二つの円盤を「縫い合わせ」て作ることができる。同様に、3次元球面も、二つの球を合わせたものとして考えることができる。一つの球内を移動して、端にくると、次の球に達するのだ。

2次元球面に関しては、3種類の一様な幾何構造が存在することが見られた。サーストンは、3次元では8種類の幾何構造が考えられることを示した。では、3次元のあらゆる空間が、これら8種類の幾何構造に対応するのだろうか？ そうではない。しかし彼は、あらゆる空間は球とトーラスに沿って切ると、これら8種類の幾何構造の一つになると考えた。これが幾何化予想の定理であり、ひいてはポアンカレ予想の

> フィールズ賞を受賞した
> 二人の数学者が、
> ファッションショーを
> 観覧した

証明でもある。

　ファッションショーを見る前に、最後にもう一つの操作、すなわち「手術」について述べよう。手術によって、3次元における8種類の一様な幾何構造を、この幾何学の原則に従った3次元空間の一例として表現することが可能になる。つまりS^3内にある別々の絡み目に沿った手術によって複雑な構造をほどき、別の貼り直しを行なうのである。1960年代に証明された定理によって、3次元球面内の絡み目の手術によって（境界がなく、向き付け可能で有限な）あらゆる3次元多様体が生成されることが知られている。サーストンは、手術によって8種類の一様な幾何構造に転換される八つの結び目（前ページ）を表現したのである。

　イッセイ ミヤケのクリエイティブディレクター、藤原大はこれらの八つの結び目からインスピレーションを得て、コレクションを作り上げた。これらの結び目が、衣服をデザインするための最初の骨組みとなった（前ページ）。そしてそこに様々な色や素材の布を合わせて、モデルたちが身にまとう服を完成させたのだった。

ダ・ヴィンチの勘違い

26面の多面体である斜方立方八面体は、
15世紀末にその挿絵を描こうとした、かのレオナルド・ダ・ヴィンチと
もう一人の画家には、手に余るものだったようだ。
二人の絵には誤りが認められる。

1496年に、数学者で修道士のイタリア人ルカ・パチョーリ（1445頃-1517）が、当時強勢を誇っていた公爵ルドヴィコ・スフォルツァ（1452-1508）の招きに応じてミラノに到着した。そしてそこでレオナルド・ダ・ヴィンチ（1452-1519）と出会い、彼に数学を教えた。固い友情で結ばれた二人はその後、フランス王ルイ12世の軍勢によって追われたミラノ公爵が失脚すると、1499年に一緒にマントヴァに向かった。

ミラノでパチョーリは大部の『神聖比例論』を著し、これは1509年にヴェネツィアで出版された。3部の手稿のうち、ルドヴィコ・スフォルツァに献呈された1部はジュネーブで保管され、もう1部はミラノに現存し、最後の1部は現在行方不明である。図版はレオナルド・ダ・ヴィンチが手がけた。黄金比率を取り上げている第一部の「神聖比例の概論」には、60枚の多面体の挿絵が添えられている。そのうちの1枚に関心を持ったオランダの数学者で芸術家のリーヌス・ルーロフスが間違いを見つけ、ベルギーの数学者ディルク・ハイレブルックがそれを発表した。

問題の多面体は斜方立方八面体（左図）で、『神聖比例論』にレオナルド・ダ・ヴィンチが添えた挿絵のうちの1枚である。これはアルキメデスの立体（半正多面体）で、すべての面が必ずしも同じ形ではなく、正三角形8面と正方形18面で構成されている。24の頂点のすべてで、1面の三角形と3面の正方形が出会い、三角形は常に正方

斜方立方八面体をもとにレオナルド・ダ・ヴィンチが描いた多面体。ルカ・パチョーリ著『神聖比例論』の挿絵より。

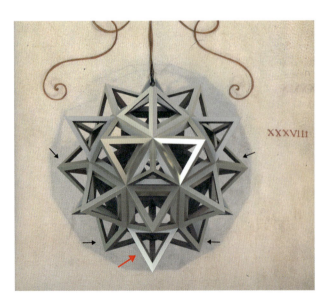

図1 レオナルド・ダ・ヴィンチの多面体をコンピューター・グラフィックで再現したもの（上）。各面からピラミッドを伸ばし、この正確な多面体を図版にCGで挿入すると、ダ・ヴィンチの誤り（左図矢印部分）がはっきりする。

図2 ヤコポ・デ・バルバリ（1445頃-1516）、《ルカ・パチョーリの肖像》。ここに見える斜方立方八面体を吊り下げている紐は、図3を見れば分かるように、正しくない。

形に囲まれている。さらにこの多面体は立方体と同じように八面体の対称性を持つ。これを斜方立方八面体と呼ぶのは、正八面体の辺を削った形をしているからである。正方形のうち12面は、立方八面体（正三角形8面、正方形6面）の双対多面体である菱形十二面体の（菱形の）12面と同じ配置を持っている［双対多面体とは、ある立体の頂点と面を入れ替えた立体のこと］。双対多面体の頂点は、立方八面体の面の中心に対応していることを思い出そう。

　この多面体をもとに、その各面に三角錐または四角錐を貼り付けることによってできたのが、『神聖比例論』の挿絵にダ・ヴィ

図3 ヤコポ・デ・バルバリは、水を半分満たしたこの斜方立方八面体を見ないで絵を描いたに違いない！

第2章　数学と情報処理　79

斜方立方八面体は、最も優れた芸術家をも騙した

ンチが描いた図形である（78ページ上図）。しかしよく見ると、この図は正しくない。絵の一番下に見える図形は、四角錐でなく三角錐でなければならない（78ページ図1の赤矢印）。このことはCG画像（78ページ図1右）からも確認される。その他の図形（黒矢印で示されたもの）も怪しいが、はっきりしない。

ダ・ヴィンチを弁護するなら、このような複雑な幾何学図形を描いたのは彼が初めてだったため、友のパチョーリの指示以外に参照できるものが何もなかったのだろう。模型などは当然なかっただろうし、少なくともその痕跡は全く残っていない。

本当に模型はなかったのだろうか？ しかしヤコポ・デ・バルバリ作とされる《ルカ・パチョーリの肖像》（前ページ図2）で、彼の左側に吊り下げられているのは、紛れもなく斜方立方八面体だ！ 1495年作のこの作品をじっくり調べてみよう。フランチェスコ会修道士の服装をしたパチョーリは、「ユークリッド」と記された石板に、ユークリッドの定理の一つを記している。左手は『ユークリッド原論』第8巻の上に置かれている。テーブルの上、右側には、おそらくパチョーリが1494年にヴェネツィアで出版した『算術・幾何学・比及び比例全書』と思われる本の上に、木製の十二面体が置かれている。後方の男性が誰であるかは分かっていない。第3代ウルビーノ公爵グイドバルド・ダ・モンテフェルトロ、または画家アルブレヒト・デューラーとする説がある。

この絵に描かれた斜方立方八面体は、おそらくガラス製で、当然重かっただろう。半分水で満たされているようなので、なおさらだ。これほど重い物を細い紐で吊り下げられるのだろうか？ 当時の職人は、これほど複雑な形状を、隅々まで防水仕様で作ることができたのだろうか？ こうした問題が解決されない限り、この模型の実在性について、確実なことは言えない。さらに決定的な点がもう一つある。現代の再現模型を見れば分かるように（図3）、画布に描かれた紐、特に水やガラス越しのその反射が正しくないのだ。描かれているのと違って、紐は途中で途切れていなければおかしい。

このように、ダ・ヴィンチだけでなく、バルバリも模型なしで多面体を描いたことが分かる。とはいえ、26もの面を持つ極めて複雑な多面体としては、彼らの絵はよく描けているというべきだろう！

第3章 天文学

月、それとも太陽？

多くの作品を残したファン・ゴッホ。
その1枚に描かれた赤々と輝く天体は、
美術史家たちを悩ませてきた。
描かれているのは太陽、それとも月？
昇っているのか、それとも沈んでいるのか？
天文学者がこの問いに答えてくれる。

フィンセント・ファン・ゴッホ（1853-1890）は、フランスのサン・レミ・ド・プロヴァンス村で、1889年6月16日から18日の間に《星月夜》を描いた。この日付は、弟テオをはじめとする家族や他の画家にあてた彼の数多くの手紙を注意深く読むことによって明らかになった。しかし他の多くの作品の制作時期に関しては、ゴッホ研究者や美術史家は、推測以上のことを明言できない。

オランダのクレラー・ミュラー美術館の、《F735》という暗号めいた名で知られる作品も、その一つである（83-84ページ）。絵の前景には、収穫後の畑のあちこちに積み上げられた干し草の山が見える。後景では、黄昏時の空の中、大きなオレンジ色の天体が山々（アルピーユ山脈）の背後から顔をのぞかせている。作品が描かれた日付はいつなのだろう？　この天体は、月と太陽のどちらなのか？　そしてそれは、昇っているのか、それとも沈んでいるのか？

病に苦しむゴッホは初めアルルの病院に入院し、その後1889年5月8日から翌年5月16日までサン・レミ村のサン・ポール・ド・モゾル修道院の療養所に入所した。この1年間は体調も比較的安定していたようで、約150点の油絵と140点のスケッチを描きあげている。テオへの手紙では何度か、自室から格子越しに、壁に囲まれた畑が見え、太陽や、時には金星が昇るのが眺められると書いている。ということは、《F735》に描かれているのは、天体が昇ってきた風景だ。だが、一体どの天体なのか？

《F735》とは、1928年にジャコブ＝バート・ド・ラ・ファイユが編纂したカタログで振られた番号である。ゴッホに関するこのカタログ・レゾネ（総作品目録）の第1版では、この作品に《日没》という副題がつけられていた。1937年刊行の別のカタログでは、副題は《月の出（干し草の山）》に変更され、絵は1889年8月と9月の間に制作されたと記された。そして1970年に刊行されたド・ラ・ファイユのカタログの最後の版では、《月の出：干し草の山》という副題のもと、制作日を1889年7月6日としてある。ヤン・フルスケルが1990年に編纂した最新のカ

タログも、これを踏襲している。これでは分からない！

とはいっても、テオへの手紙で制作中の作品についてゴッホが説明している箇所を読めば、この天体が月であることは確かだ。1889年夏にゴッホは再び発作を起こし、6ヶ月間絵筆をとることができなかった。この作品は、この中断の前に描かれたのか、それとも後だったのか？　手紙に日付がないことも混乱に拍車をかけている。ただ一つはっきりしているのは、この絵は1889年5月8日にサン・レミ村に到着後、9月末にパリでテオがこれを受け取るまでの間に描かれたということだ。

オレンジ色の天体は、日没と同時に姿を現した満月か、または日没直後に昇ってきた、ほぼ完全に満ちた月だろう。コンピューターで計算した結果、候補日は5月15〜17日、6月13〜15日、7月12〜15日、8月12〜14日、9月9〜11日まで絞ることができた。作品では、天体は山の出っ張りに一部隠れている。また丘の上には、二棟

> この絵は
> 現地時間午後9時8分
> に描かれた

が連結した建物が見える。出っ張りのある山と建物は、当時のゴッホの作品にしばしば登場することからも、想像の産物とは考えにくい。

アメリカ、テキサス州立大学の天文学者ドナルド・オルソンは実際にサン・レミ村に赴き、ゴッホが絵に描いた山の出っ張りについて、彼がこれを見たと考えられる地点からの方位角（観測地点を通る子午線と対象物の方向がなす角度）と高度を調べた。これらの計算の起点となった場所は、いま

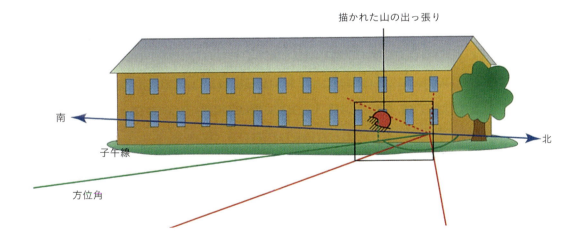

ゴッホは《F735》を、サン・レミ・ド・プロヴァンス村のサン・ポール・ド・モゾル修道院に隣接する、壁に囲まれた畑から見て描いた。彼が画布に描いた空間（赤線）だけでなく、そこに登場する山の出っ張りの方位角（北を基準に126度）、つまり子午線（青線）と観測対象（緑線）の間の角度も定めることができた。

第3章　天文学

だ現役で活動しているサン・ポール修道院の療養所や、かつての壁に囲まれた畑が転じた庭ではない。とはいえ、現在では風景の一部とともに松林によって隠されてしまったが、二棟が連結した建物は、修道院の南東約640メートルの距離に現存する。

地形図と航空写真を調べ、さらに修道院付近の別の場所から見えた月と太陽と星を観察した結果、ゴッホがこの風景を見たと思われる場所を見つけることができた（前ページ下図）。壁で囲まれた畑の（絵の左側に見える）北壁の近くから、ゴッホは北を基準として方位角が126度の場所に山の出っ張りを見た。これを目線の高さから見上げた時の仰角は4.5〜4.75度だった。修道院の緯度（北緯43度47分）から見ると、天体が山の出っ張りから現れたのは、赤緯（天の赤道を基準に天体の位置を示す値）-21.5度の方向だった。コンピューターで計算した結果、この条件に当てはまるのは、1889年5月16日と7月13日だけであることが分かった。

ほぼ同じ構図で6月末に描かれたカタログ番号《F617》の絵には、麦を刈る農夫の姿が見える。従って《F735》が、収穫後の7月13日に描かれたことは明らかだ。その日の月は、ほぼ満月だった。月は山の出っ張りに2分しか姿を見せないので、さらに厳密に時間を定めることができる。この絵は現地時間午後9時8分に描かれたのだ！

フィンセント・ファン・ゴッホ(1853-1890) 《F735》

消えた月の謎

エドヴァルド・ムンクがこれらの絵を描いた時、
果たして月の反射のことを忘れるほど上の空だったのだろうか？
いや、彼はむしろ
視覚の法則をよく理解していたのだ。

《病める子》、有名な《叫び》、《星月夜》——表現主義絵画の先駆者とされるエドヴァルド・ムンク（1863-1944）の作品は、どれも悲しみや憂鬱に満ちている。しかし世紀の変わり目は彼にとっての「良き時代」で、この時期の作品は、例えば《橋の上の少女たち》（次ページ）に見られるように、色遣いも明るく、華やかだ。ムンクが1901年の夏にノルウェーのオスロ（当時の名前はクリスティアニア）・フィヨルドの西側の海水浴場オースゴールストランで描いたこの絵には、油絵、版画、リトグラフなど約20枚のバージョンが存在する。オスロ国立美術館の館長は1933年にこの絵について、「ムンクの絵の中で最も偉大で最も著名な作品」と呼んだ。

しかしこの絵は天文学者に問題を突きつける。左側に見える天体は月、それとも太陽？　それは昇っているのか、沈んでいるのか？　それとも沈まない白夜の太陽？　また、この天体はなぜ水面に映っていないのか？　アメリカ、テキサス州立大学のド

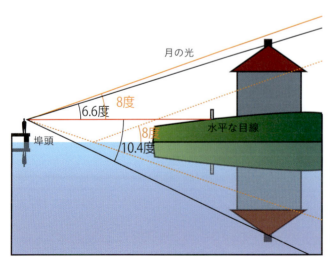

ムンクの絵の水面に月が映っていないことは、反射の法則で説明できる。ムンクは水面より3.4メートル高い埠頭に立っていた。月までの距離は無限に等しいので、月光の水面への入射角は、観察者の水平な目線（赤線）への入射角に等しい。しかし水面に映った建物は、実際に建っている建物とは異なる屈折率で見えるため、月光の反射を邪魔している。

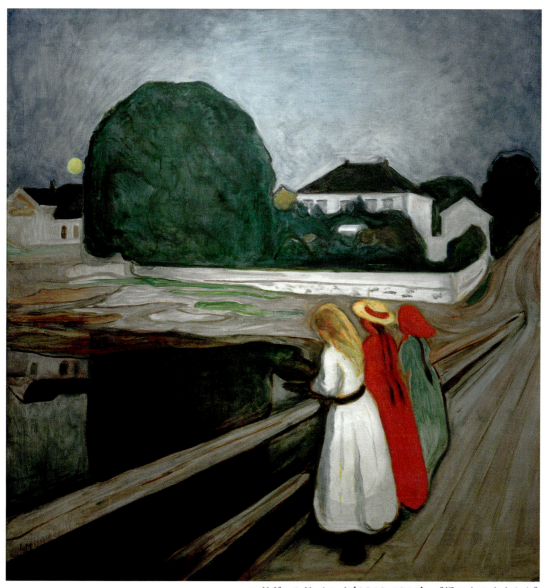

エドヴァルド・ムンク（1863-1944）《橋の上の少女たち》

ムンクの絵で水面に月が映っていないことは、反射の法則によって説明できる

ナルド・オルソンと同僚たちがこの謎を解明した。

この天体が白夜の太陽だという説は、オースゴールストランが北極圏より南に位置していることから、すぐに捨ててよさそうだ。しかしこの緯度では、太陽は必ず沈むものの、夏至の頃には真っ暗にはならず、薄明が続く。絵に描かれた天体の正体については、研究者によって、月や太陽とする説から、特定することを避ける者まで様々だ。では、この問題にどう取り組むべきか？ まずは現地に行ってみることだ。

天文学者たちは、ムンクが実際にイーゼルを設置した場所や様々な基準点をすぐに見つけ出すことに成功した。絵に描かれている埠頭にかかった橋の改修工事が行なわれたことを前提に、彼らはムンクが方位角63度に見えた天体を描いたことを割り出した。オースゴールストランでは、天体は赤緯-18度か-20度の方向に見えるので、ここに描かれているのは太陽（夏には常に天の赤道の北側にあるので、プラスの値になる）ではありえない。従って、これは満月（あるいはほぼ完全に満ちた月）に違いない。

次に、水面に月が映っていない謎に移ろう。これに象徴学的、あるいは精神分析学的な説明を加える者もいる。しかし視覚と反射の法則を理解してさえいれば、謎は容易に解ける。

水面より3.4メートル高い場所に立っていた画家の位置からは、少女たちの頭上に見える家を囲む白い塀の彼方まで見通すことができた。月の下に見える建物は画家から100メートル離れ、海面から屋根までの高さは15メートルだった。三角法により、画家と屋根を結ぶ線と水平な目線が作る角度は6.6度であることが分かる（86ページ図）。したがって水面に映った屋根は水面下15メートルにあるように見え、これはつまり画家の水平な目線より18.4メートル（15＋3.4）「低」く、その角度は10.4度である。計算の結果、ここでは無限に遠いとみなす月（したがって光の入射角は平行である）の入射角は地平線に対して8度で、家に対しても8度であることが分かる。水面に映った月も同じ角度で見えなければおかしいが、家に邪魔されているため、当然ながらその姿は見えない。この現象は、家の屋根とその反射が全く同じようには見えないことも説明している。

ムンクの生涯は確かに大変な出来事の連続だったかもしれないが、それは彼の判断力をすべて奪ったわけではなかった。

ヴェルサイユ宮殿の天井画と天文学

18世紀の科学における大発見は、
ヴェルサイユ宮殿の装飾でも
重要な位置を占めている。

　ヴェルサイユ宮殿は、1682年から1789年まで、つまりフランス王ルイ14世、15世、16世の時代に王宮としての機能を担っていた。その住人は歓喜と悲劇を同じくらい味わい、王宮での日常生活は、もっぱら娯楽と陰謀で占められていたようなイメージがある。

　しかしこの見方は、ヴェルサイユ宮殿の生活において科学が占めていた（重要な）役割を見逃している。実のところ、多くの知識人が宮殿で研究活動に専念し、その成果を公開し、講義することができたのである。また世間を驚かすような派手な実験も何度か行なわれている。例えば1746年3月14日に宮殿の鏡の間で行なわれたノレー神父による電気の実験では、手を繋いだ60人から240人（記録により異なる）の衛兵の輪に電流を流し、電気ショックを与えたのである。

　ルイ13世の「質素な」別荘を拡張して豪華な宮殿にするための工事が1661年に開始されたヴェルサイユでは、特にいくつかの装飾において、科学と王権の繋がりを見てとることができる。1664年に建築総監に就任したジャン＝バティスト・コルベールが装飾の図像学的な側面を監督した。1666年には王立科学アカデミーも設立したコルベールのこの二重の役割が、宮殿の装飾画からも透けて見える。

　1671年にフランスの画家・室内装飾家のノエル・コイペル（1628-1707）に注文された《戦車に乗るサトゥルヌス神の勝利》（下絵）に注目してみよう（90-91ページ）。この絵は、土星の二つの衛星の新たな発見という、ルイ14世時代の最も大きな科学的業績の一つを表現している。

　17世紀は、ガリレオ・ガリレイの望遠鏡のおかげで天文学が飛躍的に発展した世紀だった。この望遠鏡の助けを借りて、イタリア人のガリレオは1610年に木星の四つの衛星を発見し、庇護者であるメディチ家に敬意を表して「メディチ家の星々」と命名した。

　また、ガリレオは同じ年に、太陽系で木星に次いで大きな惑星である土星に望遠鏡を向けた。しかし環の性質を認識するには

至らず、土星は「耳」を持つ惑星だと述べている！

　1655年にオランダの天文学者クリスティアーン・ホイヘンスは、ガリレオのものより高性能な望遠鏡（倍率50倍）で土星を観測した。その結果、初めて土星は環に囲まれていることを理解し、それが硬い岩石でできていると考えた［実際には、無数の氷や岩石でできている］。また土星の近くの星を始めて発見し、この衛星をタイタンと名付けた。水星よりも大きいタイタンは、木星の衛星であるガニメデに次いで太陽系で2番目に大きな衛星であり、唯一濃い大気に覆われている。

　1666年にホイヘンスはコルベールが創始した王立科学アカデミーのメンバーになり、パリ天文台の設立に参加した。ルイ14世の命令により、イタリア人天文学者のジャン＝ドミニク・カッシーニが初代台長に就任した。1671年から翌年にかけて、カッシーニは土星の衛星イアペトゥス（表面が明るい部分と暗い部分にはっきり分かれている）とレアを発見した。ガリレオの例に倣い、この二つの衛星はルイ14世に敬意を表して「シデラ・ルドヴィケア（ルイの星）」と名付けられた。

　カッシーニの発見の結果、コイペルは絵の構図を変更せざるを得なくなった。当初、サトゥルヌス神は単独で、ドラゴンのひく戦車に乗って描かれる予定だった。しかし新たに前景に、花飾りを持つ3人のプッティ（単数形はプットで、ふっくらしたいたずら好きな童子）を従えた女性が描き加えられたのである。彼らは神と同名の天体と、発見されたばかりの三つの衛星を表している［欧米言語では、惑星にはギリシア神話

ノエル・コイペル（1628-1707） 《戦車に乗るサトゥルヌス神の勝利》（下絵）

> 現在観測されている
> 土星の衛星は約60個。
> これを絵に反映させたら、
> サトゥルヌス神の戦車は
> ふっくらした童子で
> 埋め尽くされてしまう！

の神々の名が与えられている。フランス語では土星はサテュルヌ、木星はジュピテル］。花飾りはもしかしたら土星の環を表しているのかもしれない。衛星を表す童子たちは、戦車に乗るサトゥルヌス神の周囲にも描かれている。

ただし、宮殿のサトゥルヌスの間の天井画として計画されていたこの絵が、実際に天井に描かれることはなかった。なぜなら、鏡の間が建設された1678年にこの部屋は取り壊されたからである。一方、王妃付き衛兵の間の天井には、同じコイペルによって、ジュピテル神の戦車の絵が描かれている。ここでは、4人のプッティ＝衛星が、一方では惑星を表す前景の女性を、他方では鷲にひかれた戦車に乗るジュピテル神を取り囲んでいる。

17世紀には、天文学と占星術はまだ厳密に分かれていなかった。コイペルの作品でも、手前にみずがめ座とやぎ座が描き込まれているが、どちらも古代ギリシアの天文学者プトレマイオス時代以来、土星と結びつけられてきた星座である（90-91ページ下部の左右）。

1675年にカッシーニは、土星の環がいくつかの隙間を挟んだ複数の環で構成されていると発表した。彼にちなんで、最も大きな隙間は「カッシーニの間隙」と名付けられた（現在では20以上の環と隙間が知られている）。1684年には新たにテティスとディオネという二つの衛星が発見された。

19世紀半ばまで、土星の衛星には番号が振られて「土星1号」から「土星5号」と呼ばれていた。しかしイギリスの天文学者ウィリアム・ハーシェルが1789年に衛星ミマスとエンケラドゥスを発見した後、1847年にその息子のジョン・ハーシェルが衛星の名前をタイタン族の名で呼ぶことを提案した。タイタン族とは、ギリシア神話でオリンポスの神々より以前から存在した太古の巨神族のことで、その中で最も有名なのがクロノス、つまりサトゥルヌスである。

このように、コイペルの天井画が実際に宮殿に描かれたとしても、十数年のうちに存在を知られる衛星の数が3個から5個に増えたことを考えれば、その絵はたちまち陳腐化してしまったに違いない。今では、同じような手法で惑星の寓意画を描くことはもはや無理そうだ。なぜなら60以上もの土星の衛星（そのうち、いくつかの実在は疑問視されている）が発見されており、これでは戦車はプッティに完全に隠されてしまうに違いないからだ！

太陽を観察する

ウィリアム・ターナーは太陽を描くのに、
天文学者ウィリアム・ハーシェルの知見に基づいて
三つの異なる表現方法を採用した。

1801年4月末、ロンドンのロイヤル・アカデミー・オブ・アーツ（王立芸術院）では、次の展覧会に向けた準備が活発に進められていた。14歳の時からアカデミーに所属する画家ウィリアム・ターナー（1775-1851）もまた、《嵐の中のオランダ船》の出展を予定していた［ターナーは14歳の時にアカデミー美術学校に入学し、1799年に準会員、1802年に正会員となっている。また15歳ですでに最初の作品を出展している］。

一方同じ頃、ロイヤル・ソサエティー（王立協会）は太陽の性質に関する天文学者ウィリアム・ハーシェル（1738-1822）の発表を巡って騒然としていた。19世紀初頭には、この二つの高名な協会はサマセット・ハウスに同居しており、両者を隔てるものはわずか1枚の薄い仕切り壁だけだった。

芸術家たちと科学者たちを隔てる壁は、両者の交流を可能にするほど薄かったのだろうか？　ターナーの伝記を著したイギリス、バーミンガム大学のジェイムズ・ハミルトンはそう考えている。ハーシェルの説に影響を受けた画家は、太陽を単なる光源ではなく、1個の物体としてとらえたのである。ターナーの《マコンのぶどう収穫祭》（次ページ）は、太陽が物体として描かれた最初の作品と言えるだろう。

1801年4月16日のハーシェルの発表は、太陽の表面をテーマに、なぜ光と熱の放出量に変動があるのかを論じていた。ハーシェルはインク溶液を塗った減光フィルターを望遠鏡に取りつけ、太陽を観察した。その結果、太陽の中心部は光を通さない塊で、周囲を透明で伸縮する部分が囲み、さらに外側の表面から光が発していると結論づけた。この非常に不安定な光の層には裂け目が存在し、そこから中の暗い塊部分が姿をのぞかせている。そして光っている部分にも、「こぶ、稜線、起伏」が存在する、と彼は主張したのだ。

この裂け目は現代では黒点と呼ばれる。これは光球（太陽の表層の光って見える部分）の中で周囲よりも温度が低い部分で、発する光が弱いために黒く見える。つまり裂け目という主張は間違っていたわけだ。

ウィリアム・ターナー（1775-1851）《マコンのぶどう収穫祭》

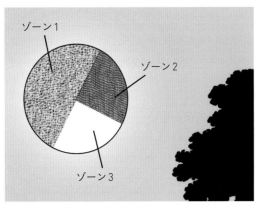

ターナーによる、太陽のこぶ、稜線、起伏の表現。ゾーン1には筆で細かく点描が施され、ゾーン2は目の細かい布が押し当てられている。そしてゾーン3ではより滑らかな筆遣いが見られる。

天文学者ウィリアム・ハーシェルは初めて太陽活動と気候の変化を結びつけた

驚くべきことに、ハーシェルは太陽の硬い塊部分には生命体が存在すると考えていた！　また点を観察した結果、黒点の数が多いjiki
ほど、小麦が値上がりすることを証明した［実際には、ハーシェルは黒点の多さは太陽活動の活発さの指標であると考え、黒点が少ない時期には天候不順で小麦の収量が減り、市場価格が上昇すると推論した］。これは、太陽活動と気候変動を結びつけた初めての例である。

太陽はこのようにして、人類による探求を拒む未知の存在であることをやめて、ようやく分析し、描写することが可能な実体となった。ハーシェルの発表に対する反響は科学界だけに留まるものではなかった。フランスとスイスへの長期旅行から戻ってきたターナーが1803年に《マコンのぶどう収穫祭》を描いた頃、ハーシェルの説は広く知られていた。ターナーはこれをどのように絵に取り入れたのだろうか？

この絵をよく調べると、太陽に実体性を与えるために、三つの異なる技法を活用しているのが分かる（上図）。絵の太陽の一部には絵筆で細かく点描が施され（ゾーン1）、別の部分は目の細かい布が押し当てられ（ゾーン2）、最後の部分はより滑らかな筆遣いで描かれている（ゾーン3）。三つの異なるタッチが、ハーシェルの説に従って「こぶ、稜線、起伏」を表現しているのである。

ハーシェルとターナーの直接の交流をうかがわせる証拠は何も残っていない。しかしターナーの知己の中には、古生物学者リチャード・オーウェン、数学者メアリー・サマヴィル、化学者ハンフリー・デービーなど多くの科学者がいたことが分かっている。経緯は不明でも、ターナーがハーシェルの業績を知っていたことは間違いない。

ターナーはまた、物理学者のマイケル・ファラデーとも固い友情で結ばれていた。両者はしばしば、様々な絵の具やその退色——特に18世紀から19世紀にかけて大気汚染がひどかった町ロンドンにおいて——に関して議論を戦わせ、また実験を行なっている。両者は日没を好んだことでも共通していた。ファラデーは多くの画家たちの光に対する関心の薄さを嘆いていたが、「光の画家」であるターナーには、その批判は当てはまらない。

1680年の大彗星が戻ってきた？

2012年に二人の天文学者が発見した彗星は、
17世紀にオランダの画家リーフェ・フェアシュフイエールが
描いたものによく似ている。
両者の関係は？

2012年9月21日にヴィタリー・ネフスキーとアルチョム・ノヴィチョノクは夜空に輝く天体を見つけた。恒星だろうか？ それとも衛星？ いや、それは彗星C/2012 S1だった。そして、この彗星の発見に貢献した国際科学光学ネットワーク（International Scientific Optical Network）にちなんでアイソン（ISON）彗星と名付けられた。

天文学者たちはこの発見に興奮した。いまだ太陽から遠く離れているにもかかわらず明るく輝くこの彗星は、地球から6000万キロメートルの距離で太陽に最接近（近日点通過）する2013年11月28日以降、素晴らしい天体ショーを見せてくれるかもしれない。年末年始の祝祭時には肉眼で観察できることも期待された。太陽に接近するにつれ、2013年8月にはすでにアマチュア用の天体望遠鏡でも観測が可能になった（99ページ）。

彗星は、小さな氷の核と塵で形成されている。太陽に接近するにつれ、核の部分が熱で溶け、ガスとなって周りを覆う。また、明るく輝く尾が形成される。尾の長さは8000万キロメートルに達することもある。アイソン彗星はサングレーザー、つまり太陽の極めて近くをかすめるようにして通過する彗星である。

アイソン彗星の軌道の特徴（軌道長半径、離心率、傾きなど）がC/1680 V1によく似ていたことも、天文学者の興味をかき立てた。C/1680 V1は、1680年の大彗星、あるいはキルヒ彗星としてよく知られており、ロッテルダムの上空に輝くこの彗星を、オランダの画家リーフェ・フェアシュフイエール（1627-1686）が描いている（次ページ）。フェアシュフイエールは他にも海洋画で知られており、それは17世紀の船舶構造に関する情報の宝庫である。

C/1680 V1は1680年11月14日にドイツ人天文学者ゴットフリート・キルヒ（1639-1710）によって発見された。キルヒはその後プロイセン王立科学アカデミーの初代所長となっている。キルヒ彗星は、望遠鏡を使って初めて発見された彗星だった。しかしこの彗星は、肉眼でも観察することがで

リーフェ・フェアシュフイエール(1627-1686) 《ロッテルダム上空に輝く1680年の大彗星》

きたようだ。フェアシュフイエールの絵に見られるように、この彗星は非常に長い尾をひいていた。

絵の中で、観測者の何人かが手に持っているものは何だろうか？ これは、「ヤコブの杖」とも呼ばれるクロス・スタッフである。18世紀に六分儀が発明される以前、天文学者はクロス・スタッフを用いて天体の高度角を計測していた。航海士や測量士も使用していたこの道具は、14世紀にすでに登場している。

C/1680 V1はニュートン彗星とも呼ばれている。このイギリスの知識人は、彗星の発見に貢献したわけではなかったが、この彗星の特徴的な軌道を使ってケプラーの法則を検証し、また万有引力の法則を練り上げたからだ。1684年に彼の検証の成功を最初に知った一人が、友人の天文学者、エドモンド・ハレーだった。ハレーは計算によって1682年の彗星の周期的な回帰性を予言し、この彗星はこれ以降彼の名を冠するようになった。ハレーはまた、フランスに向かうためにイギリス海峡を渡る際に、キルヒ彗星を観測したと思われる。

キルヒ彗星は1680年11月30日に地球から6000万キロメートルの距離を通過した（これは、アイソン彗星が近日点を通過する際に予測される地球との距離にほぼ等しい）。1680年12月18日には太陽から100万キロメートル以下まで接近し、12月29

近日点を通過する前の2013年11月16日にアマチュア天文家のヴァルデマー・スコルパによって撮影されたC/2012 S1（ISON）彗星の写真。

日にはその明るさが最大に達した。最後に観測されたのは1681年3月19日である。一方今回接近中の彗星は、2012年9月には、253 AU（天文単位）、つまり約400億キロメートルの距離にあった［1天文単位は太陽と地球の距離に等しく、1億5000万キロメートル］。

C/1680 V1とC/2012 S1の軌道がこのように似ていることはどのように説明できるだろうか？　両者が同一のものである可能性はない。キルヒ彗星の公転周期は約1万年だからだ。2012年にアメリカのブルックス天文台の天文学者ジョン・ボートルは、この二つの彗星の母体は同一であるという仮説を発表した。しかしその後の観測によってこの仮説は否定された。どちらにしても、アイソン彗星は2013年末の約束を守ってくれなかった。彗星は近日点を通過する際に分解・消滅し、天体ショーは期待外れに終わったのである。これで、アイソン彗星の物語は終わりを告げたのだろうか？　そうではない。接近中のこの彗星の観測を通じて、非常に貴重なデータが得られ、それは今後何年にもわたるであろう科学者たちの分析を待っている。

> キルヒ彗星は、
> 天体望遠で発見された
> 最初の彗星だった。
> とはいえ
> 肉眼でも見えたのである！

最初の写実的な天の川

1609年に描かれた《エジプトへの逃避》で、
ドイツ人画家アダム・エルスハイマーは、
天の川を無数の星の集まりとした。
天の川がそんなふうに表現されたのは初めてのことだった！
このことは、天の川は無数の星で構成されていることをつきとめた
ガリレオの直近の業績を画家が知っていたことを示している。

　夏の夜、人口密集地や光害から遠く離れた場所で、雲一つない美しい星空を見上げたことがあるだろうか。頭上には無数の星がきらめき、帯のように白く輝く天の川が夜空を横切っている。星空観察に適した天候条件に恵まれなかったら、ドイツ人画家アダム・エルスハイマー（1578-1610）の極めて写実的な《エジプトへの逃避》を見ればいい（102-103ページ）。

　天の川が渦巻銀河で、その端の方に我々の太陽系が存在することは、今日では常識になっている。天の川銀河は直径10万光年以上の大きさを持ち、そこに1000億個以上の星が存在する。こうしたことは、17世紀初頭以降徐々に分かってきたことだ。ではそれ以前、人々はどう考えていたのだろうか？

　天の川を指す言葉は、英語やフランス語では「乳の道」を意味し、これはギリシア語の「galaxias」に由来する［英語ではMilky way、フランス語でVoie lactéeという］。ギリシア神話で、ゼウス神は幼い我が子ヘラクレスを不死身にするために、眠っている妃ヘラの母乳を飲ませようとした。貪欲に乳を吸われて目が覚めたヘラは、ヘラクレスを乱暴に押しのけ、その際にほとばしり出た乳が天の川になったといわれている（ヘラクレスはゼウスがアルクメネとの間にもうけた不義の子だった）。別のギリシア神話によれば、天の川は火災の名残だという［大空を駆けるヘリオス神の日輪の馬車を息子パエトンが制御しきれなくなり、発生した火災の跡だという］。中国では天を流れる川、タヒチ島では河口、またオーストラリアのアボリジニは川、さらにインド人は天上界にある聖

> エルスハイマーは、作品中で星や星座の正しい位置に目配りした最初の画家かもしれない

チリのラ・シヤ天文台から見た夜空。露出時間を長くしたため天の川がはっきり見える。

なるガンジス河であると考えていた。

　このすべてに共通するのは、天の川は大抵の場合、液体の長い連なりだということである。そうではなく、多くの点の集合であるとした神話は存在しない。そしてこの状況は15世紀まで、つまり西洋の知識人が中世を通して強い支配力を持っていたアリストテレス哲学の影響を脱するまで続いた。アリストテレスは、天の川は月下界の大気の現象で、混沌とした雲のようなものだと考えていた［月下界とは地上界のことで、アリストテレスは天の川を気象論の範疇でとらえていた］。他の思想家、例えばデモクリトス、プトレマイオス、イブン・ハイサム（アルハゼン）、イブン・ルシュド（アヴェロエス）らは、天の川が星でできているのではないかと考えていたものの、当時の芸術作品では、優勢なアリストテレスの思想の影響を受けた表現が一般的だった［デモクリトスは紀元前5世紀の古代ギリシアの自然哲学者、プトレマイオスは紀元2世紀のヘレニズム時代の天文学者、イブン・ハイサムは10世紀のイスラム圏の天文学者、イブン・ルシュドは12世紀のイスラム圏の哲学者］。

　ところがエルスハイマーの絵に登場する天の川は、星を表す多くの白い点で描かれているではないか！　イタリアのパドヴァ大学の宇宙物理学教授であるフランチェスコ・ベルトラによれば、この絵は写実的に天の川を描いた初めての作品であるという。なぜこのような表現になったのだろう？

　話は17世紀初頭に遡る。1609年当時パドヴァ大学教授だったガリレオは、数年前に発明されたばかりの望遠鏡を自作して、天体観測を開始した。天の川にレンズ

アダム・エルスハイマー(1578-1610) 《エジプトへの逃避》

を向けたガリレオは、これが無数の星から成り、その数の多さのせいでまるで乳白色の雲のように見えることを観測した。その観測結果は1610年に、短い『星界の報告 *Sidereus Nuncius*』として発表され、大きな反響を呼んだ。

　一方、エルスハイマーはイタリアにいた。彼は16世紀末にヴェネツィアに到着し、次の世紀の初めの数年間ローマに住んでいた。天文学に関心を持っていたエルスハイマーは、『星界の報告』の出版以前からすでにガリレオの業績に触れていたようである。なぜなら《エジプトへの逃避》は1609年の作品であり、ガリレオが天の川について発見をしたまさにその年だからだ。

　天の川の写実性に加えて、星座が正しく表されていることにも注目しよう。おおぐま座とこれに含まれる北斗七星は、絵の上部右側に見える。エルスハイマーは、作品中での星の配置に目配りした最初の画家かもしれない。

第4章

地理と気候

デルフトのニシン漁船

フェルメールの《デルフトの眺望》は、
17世紀ヨーロッパを襲った寒冷化を裏付けている。
その結果の一つが、
バルト海からオランダ沿岸へのニシンの群棲地の移動である。

　オランダの画家ヨハネス・フェルメール（1632-1675）の作品は、35点が現存している（1990年にボストンで盗難にあった36点目は、いまだに発見されていない）。ほとんどが室内画だが、2点は屋外の風景をテーマとしている。そのうちオランダのデン・ハーグにあるマウリッツハイス美術館所蔵の《デルフトの眺望》（108-109ページ）は、広い空間を描いた唯一の作品である。そこには何が描かれているのか？

　フェルメールは当時住んでいた（ロッテルダムとデン・ハーグの間に位置する）町デルフトの南郊の河川港近くでこの絵を描いた。対岸からの眺めを描いた絵には、河口の両側に建てられた二つの門（スキーダム門とロッテルダム門で、どちらも現存しない）が見える。陽に明るく照らされた新教会の鐘楼に鐘がないことから、この絵が描かれたのは、1660年5月に鐘が吊り下げられる前であったことが分かる。

　港には、小舟が何艘か停泊している。デルフトを出航した船は、シー運河を通ってここに到達し、その後さらに南のスキーダムやロッテルダムを経てライン川に合流する。前景の左側に見えるはしけから降りた乗客はオランダ南部の町に向かうのだろう。その他の船は、町を囲む城壁に寄り添うように停泊している。

　それよりも興味深いのは、絵の右側に描かれた、デルフトの造船所があった場所に並んで係留されている2隻の大きな平底船だ。後方のマストはなく、前方のマストは部分的に解体されていて、修復作業中であることを示している。

　何が興味深いのか？　これはニシン漁船で、北海での操業に適した3本マストの船なのだ！　これらの船は、16世紀中頃から19世紀末まで（期間については異論あり）、ヨーロッパと世界を襲った小氷期の証なのである。

　小氷期は、中世の温暖期として知られる時期に続いてやってきた長い厳冬期である。北ヨーロッパの多くの画家がこの時代の様子を記録しており、例えばピーテル・ブリューゲル（父）が1565年に最初に描いた冬景色には、雪の中を歩く狩人や、氷

上でスケートを楽しむ人々が見える。このような光景は、1550年以前にはほとんど描かれなかった。

フェルメール自身もスケートの楽しみに取り憑かれたらしく、1660年に氷上を滑る高価なランドヨットを購入したようである。しかし残念ながら、これに続く2年間、運河が凍結するほど寒くはならなかった！

このような厳しい寒さがこれほど長期化した原因について、いくつかの仮説が提示されている。層位学研究に基づく仮説は、特に19世紀初頭の寒冷化を、インドネシアのスンバワ島のタンボラ火山など複数の大噴火と結びつけている［1815年にタンボラ火山が大噴火すると、翌年世界的な異常気象が起こり、各地で農作物が壊滅的な被害を受けて「夏のない年」といわれた］。空中に噴き上げられた噴煙は長期間大気圏中に留まり、太陽光をさえぎったのだ。別の説は小氷期を、この時期の大半を通じて低調だった太陽活動に結びつけている。さらに、大西洋を横断してヨーロッパに暖かさを運ぶメキシコ湾流(ガルフストリーム)の異常を挙げる者もある。

小氷期とニシンに、一体どんな関係があるのだろうか？ 寒冷化によって北極圏の氷が南進したため、ノルウェー沿岸部にいた魚の群れはバルト海に向かって移動し、オランダ沿岸地域に接近した。オランダの漁師は漁場の移動という挑戦を受けて立ち、こうして17世紀中頃のデルフトにニシン漁船が登場することになったのである。

気候史の専門家によれば、オランダの繁栄は、この漁場の移動に多くを負っているという。ニシン漁で大いに潤ったおかげで、オランダ人は他の様々な事業に乗り出せる

> **ニシン漁で得た収入をもとに、オランダ人は海運業に乗り出した**

ようになり、特に海運業や海上貿易への投資が可能になった。そのことは《デルフトの眺望》からも分かる。

絵の左隅から旧教会の（日陰になっている）鐘楼まで伸びる長い屋根は、オランダ東インド会社（Vereenigde Oostindische Compagnie）の広大な倉庫だ。つまりここに、同社のデルフト支社が置かれていたのだ。

オランダ東インド会社はデルフト支社を含む六つの地域支社の連合体で、何万ものオランダ人を雇用していた。その中にはフェルメールの従兄弟二人も含まれる。1602年に設立されたこの世界初の株式会社は、様々な商社を一つの組織にまとめることによって、アジア貿易の利益を最大化することを目的としていた。この優れた政策のおかげで、同社は数年のうちに世界貿易を支配し、なかでもアジア貿易、特に中国との貿易から莫大な利益をあげるようになった。

こうした活発な交易関係は、小氷期の到来によっても損なわれることはなかった。反対に中国では、1654年から1676年の間に、各地の農園で樹齢数百年のミカンやオ

第4章　地理と気候　107

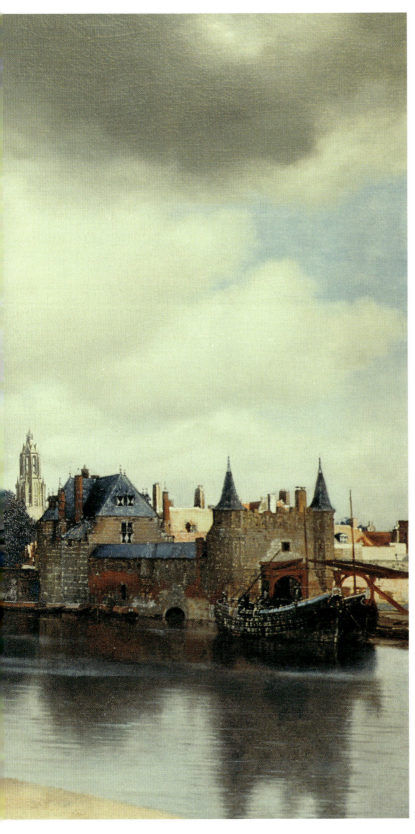

ヨハネス・フェルメール（1632-1675）
《デルフトの眺望》

レンジの木が被害を受けている。
　ヨーロッパの輸入品の中では、中国磁器、特に白地に青く模様が描かれた染付が非常に珍重された。その熱狂から、オランダでもその模倣が試みられ、かの有名なデルフト焼の誕生につながったのである。

地質学総覧のようなテーブル

ザクセン選帝侯フリードリヒ=アウグスト3世は、
世話になったブルトイユ男爵に礼として
テーブルを贈った。このテーブルは
鉱物学キャビネットともいえるもので、
ザクセン選帝侯領の鉱物資源の豊かさを示していた。

1777年12月30日、バイエルン選帝侯マクシミリアン3世ヨーゼフは、後嗣を残さずに死去した。正統な後継者はプファルツ選帝侯カール・テオドールだったが、他にもザクセン選帝侯フリードリヒ=アウグスト3世や神聖ローマ皇帝ヨーゼフ2世など、多くの候補者が名乗りをあげた。後継争いにはプロシアやロシアも介入し、戦争の危機が迫ったため、前途に不安を抱いたフランス王ルイ16世は外交的な解決法を模索し、1779年初頭に関係者がポーランド南部のテッシェンで一堂に会した。交渉を主導したのは、ウィーン駐在のフランス大使ブルトイユ男爵とロシアの外交官レプニンである。その結果、1779年5月13日にようやく平和条約が結ばれた。ブルトイユ男爵が果たした重要な役割は誰もが認めるものだった。

フリードリヒ=アウグスト3世がブルトイユ男爵に贈った《テッシェンのテーブル》（112-113ページ）は、現在パリのルーヴル美術館で見ることができる。これを制作した宝石細工師ヨハン=クリスチャン・ノイバー（1736-1808）は、18世紀末に流行した様々な装飾品を飾る石細工で有名だった。なかでもよく知られていたのは、社交用の数々の小道具（舞踏会の手帳や印璽など）や嗅ぎタバコ入れである。ノイバーはコールド・クロワゾンネ、つまり金属の枠の中に石をモザイク状にはめ込む技術に特に秀でていた。「貴石モザイクの嗅ぎタバコ入れ」を考案すると、その評判はさらに高まった。これは美しさや珍しさなど、様々な基準をもとに選ばれた石や鉱物をモザイク状にはめ込んだ美しい品で、当時生まれつつあった科学、特に鉱物学に対する人々の関心をかき立てることを目的としていた。どの作品にも、使用された石の性質や産地を記した小冊子がついていた。

同じ方法が《テッシェンのテーブル》の制作にも採用された。もちろんそのサイズは全く異なり、嗅ぎタバコ入れの大きさはせいぜい10センチメートルしかないのに対して、テーブルは直径71センチメートルもある。天板には、まるで鉱物学のカタ

ログのように、小さく切った板状の石のサンプルが128種類も並び、それぞれに番号が振られて、引き出しに隠された小冊子に説明が記載されている。ドイツ、ドレスデンの鉱物学・地質学博物館学芸員のクラウス・タールハイムは《テッシェンのテーブル》の調査を行なった。

ノイバーは、ザクセン地方に産する岩石や鉱物資源の豊かさを示そうとしたのだろう。テーブルにはメノウ、ジャスパー（碧玉(へきぎょく)）、カーネリアン（紅玉髄(べにぎょくずい)）など、（石英などでできている）玉髄の様々な変種が多くはめ込まれている。また貴石（トパーズやガーネットなど）や真珠（1番）なども、中心のメダルの周りに配されている。

しかし当時の知識では、使用されたすべての岩石の種類を同定することはできなかった。それらのサンプルは、必要なサイズに応じてノイバー自身が所有するコレクションの中でも最高品質の石が利用されたに違いなかった。そのためだろうか、小冊子には「小石」という単語が11回登場する。また誤った説明が加えられているものもある。例えば2番を振られた石について、ノイバーはアクアマリンと考えたが、

> 《テッシェンのテーブル》の
> ザクセン産の石の中で
> 最も有名なのは、
> シュネッケンシュタインの
> トパーズである

112

ヨハン=クリスチャン・ノイバー（1735-1808）《テッシェンのテーブル》

これは実は水色のトパーズである。どちらもケイ酸塩でできているが、前者（化学組成は$Be_3Al_2Si_6O_{18}$）は、後者（同$Al_2SiO_4(F, OH)_2$）と違ってベリリウム（Be）を含んでいる。またノイバーが「クリソライト」とした10番も、緑色のトパーズである。

18世紀末のヨーロッパで地質学の第一人者とされていたのは、ザクセン地方フライベルクの鉱山学校で教鞭をとっていたアブラハム・ウェルナーである。ウェルナーは鉱物の色や輝きに基づく分類法を編み出した。外見の特徴を重視するその研究を、ノイバーが参考にしたことは間違いない。しかし当時の鉱物学はまだ萌芽期にあったため、複数の分類方法が併用された。

クラウス・タールハイムは、説明が不十分な四つを除くほとんどすべてのサンプルを、現代の分類方法に従って同定することに成功した。ザクセン地方で産出する最も有名な鉱物は、チェコとの国境からほど近いシュネッケンシュタインのトパーズである（5、8、10、16番）［シュネッケンシュタイン地方では18世紀前半にトパーズが発見され、盛んに採掘された］。3億1000万年前、花崗岩質のマグマが片岩の隙間に入り込み、気成作用が起きてこれらのトパーズを含むトルマリンクオーツが生成された［気成作用とは、マグマから分離した高温のガスに鉱物が反応して、岩石が生成したり変質したりする現象］。このように《テッシェンのテーブル》は、鉱物学の貴重な教科書なのである。

重ねた皿のような雲

ピエロ・デラ・フランチェスカのフレスコ画に
描かれているのは、幾層にも重なったレンズ状の雲。
このような雲は、風の勢いが定常波となって、
気流が定期的に上昇したり下降したりする場合に発生する。

　ポンピエールの聖カリスト教会（モーゼル県）、ボジェの救済院の不治者礼拝堂（メーヌ＝エ＝ロワール県）、サルセルのコプト正教会の小教区教会（ヴァル＝ドワーズ県）、そしてサン・ギレーム・ル・デゼールの大修道院（エロー県）。これらのフランスの施設に共通する点は何だろうか？　そのどれもが、聖遺物であるイエス・キリストの真の十字架の一片を所有していると主張していることだ。彼らだけではない。格言によれば、いわゆる真の十字架をすべてかき集めれば、「ローマを1年間暖められる」とさえいう！

　聖遺物の物語にはいくつかの異伝が存在する。その中でも最もよく知られているものは、イタリア、ジェノヴァ大司教でドミニコ会士のヤコブス・デ・ウォラギネ（1228頃-1298）が著した『黄金伝説』に収められており、絵画にもなっている。有名なフレスコ画は、イタリアのトスカナ地方の町アレッツォにある聖フランチェスコ聖堂のバッチ礼拝堂の内陣にある。この《聖十字架伝説》（117ページ）を手がけたのはイタリア人の画家にして数学者のピエロ・デラ・フランチェスカ（1412-1492）だ。彼は前任者のビッチ・ディ・ロレンツォが1452年に死去したのを受けて、バッチ家の依頼を受けて引き継いだのだった。

　1466年に完成したフレスコ画には、ウィラギネの物語に従った聖十字架の伝説が12の場面に分けて描かれている。その概要は次のようなものだ。アダムの死後、息子のセツがその墓の上に木を植えると大きく育った。その後ソロモン王の命令によりこの木は橋を建設するために切り倒される。しかし訪ねてきたシバの女王から、この木はユダヤ人にとって不吉な役割を果たすだろうと忠告されると、王はこれを地中に埋めさせる。キリストの時代に木は再び姿を現して十字架として利用されるが、その後また失われてしまう。4世紀に、キリスト教を公認したローマ帝国皇帝コンスタンティヌスの母ヘレナによって再び発見されて、エルサレムの聖墳墓教会に奉納された。

　ピエロ・デラ・フランチェスカの壁画で

図1 アメリカ、カリフォルニア州アラバマヒルズの上空に浮かぶレンズ雲。

は、空に見える雲の多くが不思議な形をしている。例えば男たちがソロモン王の命で木を隠そうとしている三つ目のエピソードを見てみよう（次ページ）。ここに見える雲は、まるで様々な大きさの皿を積み重ねたようで、うろこ雲（巻積雲(けんせきうん)）や綿のような積雲、細い雲片が帯状に並ぶ巻雲とは一

見して異なる。これは画家の想像力の産物だろうか？　そうではない。これはレンズ雲とも呼ばれるもので、山の付近で風が吹いている時、障害物を越えるために上昇気流が発生して形成されるものだ。空気の状態が安定している場合、山を越えた風は下降気流と上昇気流が波状に連なる山岳波と

ピエロ・デラ・フランチェスカ（1412頃-1492）《聖十字架伝説》から、聖木の運搬場面

> レンズ雲の形や動きは
> 未確認飛行物体に
> 間違えられても仕方ない
> のかもしれない！

一定の高度にある山岳波の各頂点では、空気の塊は断熱膨張して温度が下がり、凝結する。その結果形成された雲はレンズ、あるいは幾重にも重なったレンズの形をとる。フレスコ画に描かれているのも、そうした雲である。他に山頂に現れる笠雲や、カルマン渦と呼ばれる渦巻きも、山岳波の作用によって現れることがある［カルマン渦とは、一定の速度で流れる液体の中に障害物を置いた場合に、その左右両側から交互に反対向きに発生する渦のこと］（116ページ図1、本ページ図2）。

驚くべきことに、強い風が吹いている時でさえ、レンズ雲は静止しているように見える。しかしこの雲は、常に山側から吹いてくる風を取り入れ、風下側で消えているため、内部の空気は絶えず入れ替わっている。そのために、風が強い時でも静止雲のように見えるのだ。この性質と円盤のような姿から、未確認飛行物体（UFO）とされるいくつかの例は実はレンズ雲である可能性が指摘されている！

アレッツォの町は、イタリア北部アペニン山脈の南側の、いわゆる「アルペ・ディ・カテナイア」と呼ばれる地域の足元に位置している。従ってピエロ・デラ・フランチェスカも、しばしばこうしたレンズ雲を目撃したに違いない。彼はその美しさを気に入って、フレスコ画にわざわざ描き入れることにしたのだろうか？

なって、山と同じ作用を及ぼし、さらなるレンズ雲を生む。

さらに詳しくいうと、山を越えた上昇気流は、重力によって再び下降する。しかし気塊の密度が周囲の大気以下になると、アルキメデスの原理によって浮力が働く。相反するこの二つの作用に空気の移流エネルギーが加わった結果、頂点の距離が5〜10キロメートルの上下振動が現れる。これが山岳波である。

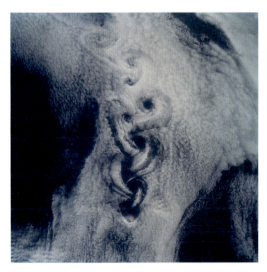

図2　ノルウェーのヤンマイエン島の周囲で風が吹いて形成されたカルマン渦。300キロメートル以上の長さに広がっている。

赤と緑の大気汚染注意報

遠い昔の公害について、どうしたら知ることができるだろうか？
方法はある。
イギリスの巨匠ウィリアム・ターナーの絵で、
空を塗るのに使われた
赤と緑の絵の具の割合を調べればいいのだ。

　2017年、フランス、パリの大気汚染監視機関「エールパリフ」は、3度にわたってパリとその近郊に対して大気汚染注意報を発令した。大気中の粒子状物質（粒子の大きさによって分類される）の許容限界を超える値が数度にわたって観測されたのである。エアロゾルとも呼ばれるこうした微粒子には、人為起源のものと自然起源のものがある。前者は暖房設備、交通、工場などから発生するものであり、後者は山火事や火山噴火などによるものである。

　エールパリフの調査チームは、様々な科学機器を駆使して現地で計測を行なう。しかし、過去の公害について調べて、そこから貴重な教訓を得るにはどうすればよいだろうか？　ギリシアのアテネ・アカデミーのクリストス・ゼレフォスは、風景画の大家の作品を検証することにして、まず「光の画家」として知られるウィリアム・ターナー（1775-1851）を取り上げた。その《ペットワース湖の眺め　日没と水を飲む鹿》（次ページ）を見てみよう。

　ゼレフォスと彼のチームは、2007年に編み出された技術を利用して、作品が描かれた時期の大気中の微粒子の量を割り出した。研究者たちはそのために、イギリス、ロンドンのテート・ギャラリー所蔵の124枚の絵画に使用されている赤と緑の絵の具の比率を計算した。この比率は、大気の光学的深さ［光学において透明さを表す指標となる量］を反映しており、空気中に含まれる微粒子の量に左右される。大気を通過した太陽光のうち、波長が長いもの（赤など）はそのまま地上に到達するが、短いもの（緑）は途中で散乱する性質を持つ。これは日没のように太陽の位置が低い場合には分かりやすく、空気中の微粒子の量が多い場合には特に増幅される。このため赤と緑の比率から、大気汚染について知ることができるのである。

　調査の結果は予想通りだった。1815年4月10日にインドネシアのタンボラ火山が噴火した直後にターナーが描いた絵では、他の時期よりも多量の赤が使われていたのだ。この噴火後、4万4000メートル以上の高度まで放出された火山灰は地球を何周も

ウィリアム・ターナー（1775-1851）《ペットワース湖の眺め 日没と水を飲む鹿》

> 空を描くのに利用された
> 赤と緑の絵の具の比率
> によって、空気の透明度を
> 知ることができる

巡った。その影響の深刻さは、1815年夏は「太陽のない夏」、1816年は「夏のない年」と呼ばれたほどだった。

同様に、フランスの画家エドガー・ドガ（1834-1917）の作品の中にも、1883年8月26、27日に噴火した、同じインドネシアのクラカトア火山の影響をうかがわせるものがあった。

赤と緑の比率に注目した調査法は、大気中に含まれる微粒子の量について多くのことを教えてくれる。ゼレフォスのチームはまた、紀元1500年から2000年の間に描かれた絵を、50年ごとのグループに分けた。ただし火山噴火が起きた年とそれに続く3年間は除外した。そして各50年間における赤と緑の比率を計算して、5世紀分の平均値を得ることに成功した。その結果、ゼレフォスのチームは、他の技術を利用した際の調査結果を追認することになった。すなわち、19世紀以降現在まで、大気中への微粒子の放出量は増え続けているのである。

この調査法の妥当性を検証するために、ゼレフォスの調査チームは興味深い方法を用いた。ギリシア人画家パナヨティス・テトシスの協力を仰いで、アテネの南方80キロメートルの距離にあるヒュドラ島で2010年6月の数日間、連続して日没を描いてもらったのだ。その頃サハラ砂漠の砂塵の雲が島の上空に飛来していたことを、テトシスは知らされていなかった（砂塵の飛来コースは、気象モデルや人工衛星からの観測に基づいて計算された）。

テトシスの作品に使われた赤と緑の比率を計算し、同時に大気の成分を放射分析することによって、研究者たちは、19世紀の絵画に関する彼らの仮説の実証に成功した。大気中に微粒子が多く含まれているほど、空の色は赤みを増していたのだ。もちろん砂塵は火山灰とは違うが、太陽光に対する作用はよく似ている。

調査に利用可能な絵画の数の多さと、各画家がどの流派に属するかに結果が左右されないことは、この手法の信頼性を高める。今後は、気象学者が過去の気候を調べるために、この方法も利用できることになったのだ。それだけではない。氷床コア［南極大陸などの氷床を掘削してくりぬいた氷の試料のこと］を用いた研究と比べた場合の利点もある。なにしろ、美術館に行きさえすれば研究が可能なのだから！

中国人に愛された英雄

4000年前に中国で発生した大洪水の痕跡が発見された。
治水工事を行ない、中国最初の王朝である
夏王朝を興した大禹の伝説が
実証されたのだろうか。

中国の古い伝説によると、4000年以上前に成立した最古の王朝である夏王朝の始祖、禹は、2世代にわたって大地を水浸しにした大洪水を防いだのちに即位したという。その功績により禹は神格化され、道教では水の神とされた。水神に祭り上げられて大禹と呼ばれたこの英雄は、詩や版画など後世の様々な芸術作品に登場する。その一つが日本の19世紀、江戸時代に活躍した浮世絵師、魚屋北渓（1780-1850）の作品である（次ページ）。ここには伝説の英雄が、龍の姿をした荒れ狂う波と戦っている姿が見られる。

洪水は、堯帝の時代に始まった。堯は禹の父の鯀に対処を命じた。しかし堤防を築き、ダムを建設するという鯀の方法は失敗した。思いのままに膨らむ能力を持つといわれる魔法の土、息壌を神から盗んで使っても、荒れ狂う水に対しては役に立たなかった。犠牲者の数は増え続け、その中には、堯帝の後継者である舜に処刑された鯀自身も含まれていた。この大問題をようやく解決したのが、禹だった。

禹が選んだ方法は、巨大な運河を何本も掘ることだった。数年続いた工事は、流路を変えて集落や人々を守ることを目指していた。黄河の神である河伯が、川やその付近の様子を記した地図を提供して、彼を助けたといわれる。

この治水事業が大成功を収めたため、舜帝は後継者として自分の息子より禹を選んだという！　こうして始まった夏王朝では世襲制が取り入れられ、約5世紀続いた［それ以前の三皇五帝時代は禅譲により帝位が引き継がれていた］。この伝説は、中国文明では治水事業を通じて農耕社会が成立したことを示しているのかもしれない。

この伝説に、歴史的真実は含まれているのだろうか？　禹は実在したのか？　この点について、歴史家たちは長い間議論を戦わせてきた。禹が生きたとされる時代（紀元前1900年頃）からは、治水事業の功労者の存在をうかがわせる考古学的証拠は、何一つ発見されていない。その名がようやく文献上に登場するのは、それより1000年近く後の西周時代になってからである。

魚屋北渓（1780-1850） 《龍と戦う禹帝》

> 黄河の水は地震により
> 半年から9ヶ月間
> せき止められ、
> 12〜17立方キロメートル
> の水が行き場を失った

　南京師範大学の呉慶竜(ウ・キンロン)のチームの発見によって、状況は大きく変わった。この発見の結果、4000年近く前に実際に大洪水が起きた可能性が高いことが分かったのである。チームはダムになっていた場所の堆積物を図面に落とし込み、発掘された3体の人骨と併せて年代測定を行なった。その結果、チベット高原にほど近い現在の青海省の積石峡で、紀元前1920年の地震で発生した地滑りによって黄河がせき止められたことが明らかになった。半年から9ヶ月にわたって川はせき止められ、その間、約12〜17立方キロメートルもの水が行き場を失った。やがてこの天然のダムが決壊すると、水が一気に流れ下り、中国文明の故地である北部の大平原地帯を水浸しにした。この大事件を目撃した人々がどんなに強烈な印象を受けたか、想像がつくだろう。

　研究者たちは、この大洪水と同じ時期に川の流路が変わっていることに気づいた。また中国文明はこの頃、新石器時代から青銅器時代への重要な移行段階にあった。考古学者たちがこの時期のものとしている二里頭(にりとう)文化は、伝説的な夏王朝に属している可能性がある。

　こうして中国の大洪水も、歴史的な基盤を持つ世界各地の大洪水伝説（例えば旧約聖書の大洪水伝説など）の列に連なることになった。では、禹は？　伝説の方が事実より優れている場合、伝説の方を優先するという［ジョン・フォード監督の映画『リバティ・バランスを射った男』に登場する新聞記者のセリフ］。今回はどちらも共存できるかもしれない。

印象的な日付

ル・アーヴルの地形分析、天文計算、潮位のシミュレーション、
そして気象の記録を分析して、
クロード・モネの傑作《印象・日の出》が
描かれた日時が突き止められた。

「キュビスム」という言葉は、ジョルジュ・ブラックの作品の一つを説明するのにアンリ・マティスが使ったのが最初といわれる。彼はこの言葉によって、描かれた家の幾何学性を強調してみせたのだ。この表現は批評家のルイ・ヴォークセルのおかげで定着したが、「フォーヴィスム」も、同じくヴォークセルが名付け親だった。1905年のサロン・ドートンヌで、アンリ・マティス、アンレ・ドラン、モーリス・ド・ヴラマンク、アンリ・マンガンらの作品に囲まれたアルベール・マルケの二つの古典的な彫刻作品を評して、彼は「野獣(フォーヴ)たちの檻の中に入れられたドナテルロ」と書いたのだ。

では、「印象派(インプレッショニスム)」という言葉はどうだろうか？　キュビスムやフォーヴィスムと同様、この言葉も当初は決して肯定的な意味を持ってはいなかった。風刺新聞『ル・シャリヴァリ』の記者ルイ・ルロワが、写真家ナダールの古いスタジオで開催された展覧会を訪ねた際に発した言葉とされている。この展覧会には、芸術アカデミーが後援する官展に落選した芸術家たちの作品が展示されていた。ポール・セザンヌ、エドガー・ドガ、カミーユ・ピサロ、ピエール＝オーギュスト・ルノワール、アルフレッド・シスレーらとともに出展されたクロード・モネ（1840-1926）の作品の題名を、ルロワは嘲笑まじりにそのまま使ってみせたのだ。この作品《印象・日の出》は従って、美術史上の重要なランドマークと言うことができる（128-129ページ）。

この作品に関する謎はいくつかある。その一つが、制作日を巡るものだ。「Claude Monet, 72」という彼のサインの解釈は分かれている。そのうえ、カタログ・レゾネ（総作品目録）でダニエル・ウィルデンシュタインは、この作品は1873年春に描かれたと記している。

アメリカ、テキサス州立大学で宇宙物理学を教えるドナルド・オルソンはこの問題に関心を抱き、あらゆる点を考慮して制作日の特定を試みた。まず、絵が描かれた場所はどこか？　モネの出身地ル・アーヴル

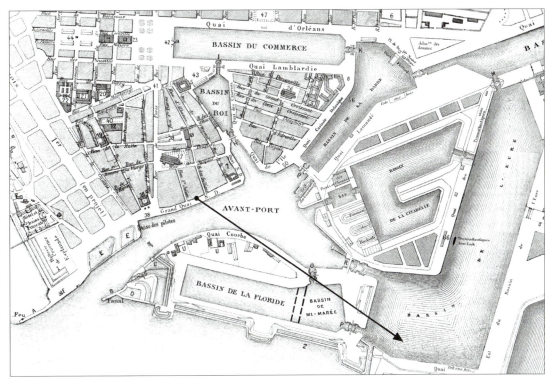

図1 モネの時代のル・アーヴルの地図。黒い点が、大埠頭に建つオテル・ド・ラミロテ。黒い矢印が、画家の視野を示している。

図2 大埠頭の全景。中央に博物館（＝図書館）が見え、水先案内船の入江が広がっている。博物館はその後美術館になったが、1944年の爆撃で破壊された。

クロード・モネ（1840-1926）　《印象・日の出》

だ。実際、この絵の名は当初《ル・アーヴルの眺め》で、その後展示に際してピーエル゠オーギュスト・ルノワールの弟で、展覧会のカタログを作成したエドモンに改題を勧められたのだった。

　さらに詳しく見ると、モネがその後の定宿となるオテル・ド・ラミロテ、つまり現在のサザンプトン埠頭である大埠頭（グラン・ケ）（127ページ図1）に建つホテルに投宿したのは間違いない。当時、そのホテルからの眺めには定評があり、絵を描くには理想的だった。そこから見渡せる眺めは、ホテルの近くに位置する美術館の屋根からのものと似通っていた（図2）。

　絵をよく調べると、中心に見えるのはトランザトランティック水門で、この時は開門されている。周囲には船のマストや造船所の起重機が見える。当時の地図を参照すれば、どの港湾施設が描かれているのかが分かる（図1）。右にはフロリダドックのクルブ埠頭、左には木製の埠頭とシタデルドックが見える。

　描かれている太陽の位置を分析して、オルソンはその方位角を割り出すことに成功した。彼によると、絵が描かれた日、太陽はクルブ埠頭の東端の少し左側、おそらく117度から121度の間から昇ったと思われる。これは重要な手がかりだ。なぜならここから太陽が昇るのは年に2回、11月中旬と1月末だけだからだ。

　もう少し調査を進めよう。次に重要なのは、描かれている太陽の高度だ。これは太陽の直径という既知の数値、またはいくつかの計測値（ミマレドックに停泊中の船のマストの高さ、ホテルとミマレドックの中心部の距離、バルコニーの高さなど）をも

第4章　地理と気候

とに割り出すことができる。計算の結果、太陽は地平線上2度から3度の間にあることが分かった。つまりモネは日の出の20〜30分後に絵筆をふるったのだ。

　描かれているいくつかの点から、これが満潮時、厳密には、満潮位の前後1、2時間以内であったことが分かる。コンピューターで当時の潮位を計算した結果、《印象・日の出》の情景が描かれたのは1872年1月21〜25日の朝8時と8時10分の間、11月11〜15日の朝7時25分と7時35分の間、1873年1月25〜26日の朝8時5分、そして11月14〜20日の朝7時30分と7時40分の間まで絞れることが分かった。

　最後に、空に浮かぶ雲の量や風の方向を調査して、決着がついた。《印象・日の出》はおそらく1872年11月13日の朝7時35分頃に描かれたのだ。この日付をもって、印象派の誕生日とすることができる。

若きウェルナーの彷徨

パリ高等鉱山学校の鉱物博物館で見られる
ある地質学者の肖像画は、その業績や思想を
二つの岩石のサンプルで示すものである。
そのうちの一つは、実物が博物館に展示されている。

　パリの高等鉱山学校付属の鉱物博物館は、10万点以上の鉱物を所蔵し、そのうち4000点が展示されている。これは我々の住む地球の地質多様性を物語る貴重な目録だ。博物館の大ギャラリーで、展示ケースからふと目を上げれば、アブラハム＝ゴットロープ・ウェルナー（1749-1817）の物知り顔の肖像画と、視線がぶつかるだろう（133ページ）。この絵には、作品そのものの物語に加えて、描かれた人物、そして岩石の物語も描き込まれている。

　ウェルナーの絵はギャラリーを飾るために描かれた、1850年代に尊敬を集めていた地質学者たちの肖像画のうちの一枚だ。他に登場するのは、ジャン＝バティスト・ロメ＝ド＝リル、デオダ・グラテ・ド・ドロミュー、オラス＝ベネディクト・ド・ソシュール、バルタザール＝ジョルジュ・サージュ、それにこの物語のもう一人の登場人物である、ルネ＝ジュスト・アユイである。

　ウェルナーの肖像画は損傷を受け、1990年代には危うく廃棄されるところだった。ところが博物館学芸員のディディエ・ネクトゥーが2012年に再発見し、ABC Mines（パリ高等鉱山学校図書館・博物館友の会）が修復を行なった。ウェルナーは救われたのだ！　しかし、そもそも彼は一体何者なのか？

　著名な地質学者・鉱物学者だったウェルナーは、ドイツ東部ザクセン地方のフライベルクの鉱山学校の教授だった。数多くの鉱物について記述し、特に水成説（ネプチュニズム）を唱えたことで名を残した。水成説によれば、すべての岩石は地球を覆っていた始原の海で沈殿・堆積してできたという。やがて海水位が低下して、陸地が現れた。ウェルナーは、岩石の硬度などの性質に基づいた分類も行なっている。

　フランス人のルネ＝ジュスト・アユイ（1743-1822）は、パリ高等鉱山学校の教授、そして学校のコレクションの最初の管理人で、ウェルナーの一番のライバルでもあった。二人は、必ずしも愛想がよかったとはいえない手紙のやり取りで、しばしば議論を戦わせている。アユイが擁護していた火成説（プルトニズム）は、水成説とは反対

> ウェルナーとアユイは、
> 愛想がいいとはいえない
> 手紙のやり取りを通じて
> 議論を戦わせた

に、地球はもともと巨大な火の球（マグマ）であるとしていた。また「小さなユニット」に立脚したその岩石の分類法は、20世紀に近代的な分析方法が確立されるずっと以前に、単純格子の考え方を先取りしていた［単純格子とは、結晶構造において、その頂点のみが格子を作る点になっている空間格子の総称］。

アントワーヌ・コンスタン＝ペレンが手がけたウェルナーの肖像画に戻ろう。何が描かれているだろうか？ 同僚たちの肖像画と同じように、ウェルナーも彼にとって重要な様々な品物に囲まれている。地球儀は水成説の暗喩に違いない（陸地はほとんど見えない）。イーゼルに立てかけられた黒い絵には白い線が描かれ、彼が教授だったことを示している。マラカイト製と思われる机の上には、彼の著作『鉱物の性質について　*Von den äusserlichen Kennzeichen der Fossilien*』（1774）のフランス語版が置かれている。そして、二つの岩がある……。

ウェルナーが手に持っている岩については、情報が少ないため同定は難しいが、おそらくフローライトだろう。反対にテーブルの上に置かれた岩については、疑問の余地はない。実物が、鉱物博物館のコレクションに含まれているからだ（下図）。これは花崗岩の一種である花崗閃緑岩で、長石が

アブラハム・ウェルナーの肖像画では、二つの長石が交差した火成岩が火成説を象徴している。

アントワーヌ・コンスタン=ペレン 《アブラハム=ゴットローブ・ウェルナーの肖像画》

第4章 地理と気候

2本の帯状に交差している。マグマ起源の火成岩だといわれている。まず均質なマグマが冷却して結晶化した。その過程でひびが生じ、そこに残ったマグマが貫入してさらに結晶化した。ここでは、幅の狭い岩脈のほうが時間的に古い。黒っぽい部分を見れば分かるように、幅の広い帯によって横断されているからだ（図の赤い矢印）。

　なぜこの二つの岩石が描かれているのか？　次のような仮説が考えられる。整然とした層構造を持つフローライトは水成説における堆積を象徴しており、ウェルナーが重視している印として手に持っているのに対し、火成岩は離れた場所に放っておかれている。鉱物博物館を訪ねたら、他の地質学者の肖像画も見てみよう。興味深い発見があるはずだ！

第5章

医学と人間の認識、知覚

DNAから顔が復元できる

あるアーティストが、人間の顔を再現した……
道端で拾ったDNAのかけらを使って！
近年の遺伝学の進歩により、このようにして再現された顔は、
もとの所有者の顔立ちにどんどん似てきている。
DNAを使って制作された、あなたそっくりなロボットが登場するのも、
時間の問題だろう。

ある道を思い浮かべてみよう。どんな道でもいい。きっと道端にはタバコの吸い殻、吐き捨てられたチューインガム、それから髪の毛が散乱しているはずだ。多くの人と同じく、おそらくあなたもこうしたことを気にも留めないか、あるいはこの非文明的な振る舞いに憤慨するだけだろう。それとも、これを拾い集めるだろうか？

アメリカの芸術家ヘザー・デューイ＝ハグボーグ（1982-）が行なったのはまさしくそれだった。べつに道路清掃人を手伝おうとしたわけではなく、《ストレンジャー・ヴィジョン》というプロジェクトの材料としてこれらのゴミを利用したのである。プロジェクトの成果は2013年以降、アメリカ、アイルランド、オーストラリア、そしてパリのポンピドゥー・センターで展示されている。そこで見ることができるのは、本物そっくりな人間の面だ。彼女はどうやって、このプロジェクトに取り組んだのだろうか。

まず彼女はサンプルを、DIY生物学ラボ「Genspace」に持ち込んだ。DIY生物学ラボでは、誰でも遺伝学や分子生物学の実験を行なうことができる。デューイ＝ハグボーグはDNAを抽出して、個人差の原因になる部分を増やした。つまり必要な配列を含む一定の長さの遺伝子を切り出し、酵素の働きでこれを増幅したのだ。

次の段階では、抽出されたDNAを構成する4種類のヌクレオチド（A、T、C、G）の配列を読み解いた。個人差の原因になる塩基配列の違いを、SNP（一塩基多型）という。それが終わると、コンピュータープログラムを使って、これらの情報から、不注意にも公道に自らのDNAを残した人物の顔を（3Dプリンタを用いて）再現した。

こうしてできた顔は元の顔にそっくりなのだろうか？　もちろんそうではない。ここで利用された情報（肌と目の色、民族など）はごくわずかだからだ。どちらにせよ、プロジェクトの目的はそこにはない。狙いはむしろ、我々全員が監視対象である社会、プライバシーの尊重、所有者の同意を得ない遺伝情報の利用といった問題を訴えることにある。プロジェクトはいまだ進行中で、

ヘザー・デューイ=ハグボーグ（1982-）《ストレンジャー・ヴィジョン》

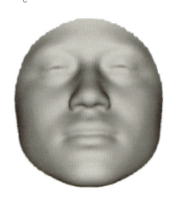

遺伝学の進歩によって、DNA情報を利用した顔の復元が可能になった。最近明らかになったのは、遺伝子POLR1Daの変異が顔の造作に及ぼす影響である（a、水色から赤になるにつれてその効果は強まっている）。灰色の二つの顔（b、c）は、効果が最小の場合と最大の場合を示している。aの赤い部分の個体差が一番大きいことに気づくだろう。顔の下部はどちらかといえば四角く、額は比較的狭い。

発展を続けている。人間の顔の特徴の遺伝的基盤に関する最新の知見を利用し続けているからだ。

　オランダのロッテルダム大学のマンフレッド・カイザーのチームは、ヨーロッパ人1万人を対象とする研究の結果、顔の造作（鼻の幅、顔のサイズ、目の間の距離など）については5個の遺伝子が鍵を握っていることを2012年につきとめた。そのうち3個の遺伝子は、顔貌異常に関与していることがすでに知られていた。これは、例えば犯行現場で採取されたDNAをもとに犯人にそっくりなロボットを制作する第一歩となるかもしれない。

　2014年には、ベルギーのルーヴァン・カトリック大学のペーター・クラースと、アメリカのペンシルベニア州立大学のマーク・シュリバーらのチームが、顔立ちに関与する約20の遺伝子を新たに同定したと発表した。彼らはまず、アメリカ、ブラジル、アフリカの島国カーボベルデに住むヨーロッパ系と西アフリカ系の両方にルーツをもつ人々592人の顔の高解析画像処理を行なった。これらの画像は、7000以上の格子点を持つ3次元の数値格子に落とし込まれた結果、いくつかの格子点で個人データの平均像からの逸脱を明らかにすることができた。

　次に研究者たちは彼らの遺伝子を調べ、個人差を説明するSNPの同定を試みた（140ページ）。その結果、20個の遺伝子上で24のSNPが同定された。最後にDNA配列に基づいて3次元の顔のモデルを復元するプ

> プロジェクトの目的は、監視社会、プライバシーの尊重、所有者の同意を得ない遺伝情報の利用といった問題を訴えることにある

ログラムを開発した。これはデューイ＝ハグボーグが行なったことと全く同じだ！

今後、吸い殻やチューインガムを路上にポイ捨てする前には、よく考えたほうがいい。市当局に喜ばれるか、それともあなたにそっくりなロボットがさらし者にされるかの分かれ道なのだから。

斜視の恩恵

オランダの画家レンブラントは外斜視だった。
しかし、彼はそのことに悩むよりも、むしろ
思い通りの絵を描くためにこの事実を活用していた。

　フィンセント・ファン・ゴッホの絵に黄色が多く用いられているのは、ものが黄色く見える黄視症を患っていたからではないか、という説がある。クロード・モネは白内障だった。エドガー・ドガは「まぶしがり症」といわれる網膜の病気、エル・グレコは乱視、カミーユ・ピサロは慢性涙嚢炎を患っていたとされる［エル・グレコが乱視だったという説は、現在ではほぼ否定されている］。またパウル・クレーの晩年、1930年代の作品の色調が全体として暗いのは、彼が皮膚硬化症に苦しんでいたからだという。エドヴァルド・ムンクに降りかかったのは、右目の硝子体出血と左目の部分的失明だった。まるで、正常な視力を持つ人物は一流の画家にはなれないとでもいうようだ！　このようにして、作品を通じて芸術家の疾患を明らかにすることができる。

　アメリカ、ハーヴァード大学医学大学院のマーガレット・リヴィングストンとベヴィル・コンウェイは、一風異なった視点からレンブラント・ファン・レイン（1606-1669）に関心を抱いた。このオランダ人画家が一生のうちに描いた100枚前後の自画像のうちの36枚（油絵24枚と版画12枚）で、その瞳孔の位置がずれていることを発見したのである。画像解像度の非常に高い機器で画家の黒目や視線の位置を計測した結果、36枚の自画像のうちの35枚で、レンブラントの左右の目線がずれていることが明らかになった。油絵では左目がずれているのに対して、版画の場合、ずれているのは右目だった。このことは、制作技法から説明できる。版画の金属製の原版に彫られた図像が、紙に刷られると左右反転するからだ。従ってレンブラントの場合、外側にずれていたのは左目だったことが分かる。

　このために、画家は立体視ができなかった可能性がある。立体視は、左右の目で見た、同じ対象の少し異なる二つの像を、網膜映像として脳内で同時に統合することによって可能になる。立体視ができない、つまり立体盲であることは、レンブラントにとって問題だったのだろうか？　必ずしもそうとは言い切れない。実際、画布という平面に3次元の対象を表現するために、画

レンブラント・ファン・レイン(1606-1669) 《自画像》(部分)

レンブラントの才能には、斜視であることも含まれていたのか？

家は片目を閉じて「平面化」することがよくある。美術教師の多くは学生にそう指導しているはずだ。しかしレンブラントに、その必要はなかった。彼は対象を自然に2次元で見ており、それを画布に表現するのになんら支障はなかったはずだからだ。それに、対象と画布の間で視線を絶えず行き来させる必要もなかった。彼の才能や定評のある鋭い観察力の秘密の一つはこの点にあるのかもしれない。どちらにしても立体視の能力に支障が出るのは、彼の斜視が生後早期に出現した、恒常的なものである場合だ。間欠性外斜視なｒば、正常な立体視も可能である。

また、自画像を描く場合、画家は近くに置いた鏡で自らの姿を観察しなければならなかったことを考慮すべきだ。この状況では斜視が出現しやすいが、通常その角度は3度以上にはならないのに対して、レンブラントの絵の斜視角は10度、場合によっては30度になっている。

斜視の結果引き起こされるものの一つが弱視、つまり視覚器官の異常はないものの視力が低い状態である。例えば、目から伝達された二つの像をうまく統合できないと、脳は一方の像を「隠し」てしまい、やがてそちらの目の視力が衰えていく。適切な治療を受けないとその状態が固定してしまい、8歳をすぎると治療は困難と考えられている。

しかしアメリカ、オハイオ州立大学のジョン・リン・ルーは、大人になっても望みがないわけではないと言う。神経生理学者たちは、弱視患者数人に簡単な訓練——コンピューターのモニター画面上の格子（ないしはグリッド）を見つめる——を受けさせた結果、わずか数日の間に立体視能力が改善された。患者は再び両目を使えるようになったのだ。しかし、その効果がどれだけ長続きするか分からないので、この方法が大人の弱視治療法として確立されるかどうかはまだ定かでない。

レンブラントも同じような治療を受けたいと思っただろうか？ 決断する前に、彼はリヴィングストンとコンウェイが研究の過程で行なったもう一つの作業についても知っておくべきだろう。二人は有名な画家の自画像53枚を調べて、そのうち28パーセントに斜視を認めた。通常、斜視を発症する人の割合は人口の5パーセントに過ぎないのに！ つまり画家たちは、立体視できないことで恩恵を受けているのだろうか？ それは何ともいえないが、もしお子さんの斜視を疑ったら、眼科に連れて行く前に、絵筆を握らせてみるとよいかもしれない！

ジーンズのマエストロ

17世紀の氏名不詳の画家が、
青い服を着た北イタリアの貧民を何度か描いている。
そこに描かれた服は、
実は現在のジーンズの祖先なのだ。

ジーンズは19世紀中頃にリーヴァイ・ストラウスによって発明された、と多くの人が考えている。そして、それはアメリカ、カリフォルニアのゴールド・ラッシュと不可分の関係にあるとも。しかしこれが正しいのはズボンについてで、その素材である布についてではない。ジーンズ生地はもともと、白の横糸と青の縦糸を綾織りにした綿製品で、これはヨーロッパ、特にフランスのニーム地方（布の名である「デニム」はフランス語で「ニームの」を意味する）とイタリアの町ジェノヴァ（フランス語で「ジェーヌ」といい、そこから「ジーンズ」と呼ばれるようになった）を発祥としている。しかし18世紀に作られたいくつかのクリスマスの人形を別にすれば、その物的証拠はほとんど残っていない。

ところがつい最近になって、17世紀のジェノヴァで活動していた、まだ名前の判明していない画家の作品が十数枚、発見された。そのうちの1枚が、《女乞食と二人の子供》である（次ページ）。オーストリアのウィーン美術史美術館の学芸員ゲルリンデ・グルーバーは、2006年以降、今や「ジーンズのマエストロ」と呼ばれるようになった画家の作品を精力的に収集している。17世紀後半にロンバルディア地方やヴェネツィアで活躍したこの特異な画家の作品を見分けるのに、グルーバーは様式やテーマを基準としている。ほとんどの作品では、描かれている青い布のほつれた端に白い横糸を認めることができ、これがジーンズ生地であることは確実だ。それだけではない。布をよく観察できるいくつかの作品では、現在のジーンズにも使われているサドルステッチ［1本の糸の両端に1本ずつ針をつけ、同時に表裏から刺して縫い合わせる手法］さえ確認できる！

両者の共通点はさらにある。ジーンズ生地ははじめ、フランス南西部で栽培されていたウォード（ホソバタイセイ）から作られた染料で染められていた。ところがそれは、やがて熱帯地域からジェノヴァ港を介して輸入された、同じ植物由来でより安価な染料インディゴに取って代わられた。そして「ジーンズのマエストロ」の絵を調べ

作者不詳 《女乞食と二人の子供》17世紀、ジェノヴァ

作者不詳 《パイ切れを持つ子供の物乞い》17世紀、ジェノヴァ

たところ、青色にインディゴが使われていることが判明したのである！

当時のイタリアで、ジェノヴァ製のこの破れにくい布を身にまとっていたのは、最下層階級や兵隊だった。《パイ切れを持つ子供の物乞い》を見れば、そのことは分かる（前ページ）。このような服はおそらく次の世代に譲り渡され、擦り切れるまで着倒されたのだろう。そう考えれば、物証がほとんど残っていないことにも説明がつく。

貧民や物乞いを哀れを誘うことなく描いたことで、「ジーンズのマエストロ」を、ル・ナン兄弟を頂点とする、いわゆる「リアリズム絵画」の流れに位置づけることができる。当時、貧困を画布に表した画家はスペインのディエゴ・ベラスケスからフランスのジョルジュ・ド・ラ・トゥール、そしてフランドル派の画家たちに至るまで、ヨーロッパには数多くいた。

現在我々が穿いているジーンズは、ニームとジェノヴァのどちらで誕生したのだろうか？ ニームは18世紀以降、繊維製品、特に綿布の重要な生産地で、イギリスや北アメリカをはじめとする各地に大量に輸出していた。一方、ジェノヴァと北イタリア全域も、12世紀以降、主要な綿市場だった。ジェノヴァ製の布も、デニムよりも前に盛んに輸出されていたことが分かっている。安価で質の良いジェノヴァ製の布については、イギリスのランカシャー地方の仕立屋の1614年の会計簿に記載がある。歴史家のマルツィア・カタルディ＝ガッロによれば、18世紀末アメリカでは、ジーンズ（ジェノヴァ）とデニム（ニーム）という二つの名称が共に使われていたという。ジーンズの秘密はすべて解明されたわけではないものの、アメリカの金鉱掘りが果たしたとされる役割は、ロンバルディアの貧民に譲り渡した方がよさそうだ。

> インディゴで染めた
> ジーンズ生地は、
> 下層階級の
> 衣服に利用された

ヴァチカンに隠された脳みそ

システィーナ礼拝堂の天井画の
二つのパネルには、ミケランジェロが描いた
神経系の図が隠されているのかもしれない。

1505年にミケランジェロ・ブオナローティ（1475-1564）は、新教皇ユリウス2世（1443-1513）の求めに応じて、フィレンツェからローマに移住した。教皇はミケランジェロに対して、サン・ピエトロ大聖堂に自身の巨大な霊廟を建設する依頼をしたが、工事は長引き、大幅に規模を縮小した後にようやく完成した。ボローニャに数ヶ月間滞在した後ローマに戻り、ミケランジェロは、システィーナ礼拝堂の天井画という新しい仕事を依頼されて、1508年から1512年にかけてこれに従事した。ミケランジェロが指名されたのは、ライバルの失敗を期待した建築家ブラマンテの策謀によるともいわれている。その目論見は外れ、天井画は現在では、イタリア・ルネサンスの最高傑作の一つと評価されている！

システィーナ礼拝堂は長さ40メートル、幅14メートルで、天井の高さは20メートルある。半月形や三角形、長方形など、様々な形に分割された天井に、ミケランジェロは十二使徒を描くことが契約で求められていた。しかし、彼はそれよりはるかに複雑な構想を持ち、聖書の『創世記』から、「光と闇の分離」「アダムの創造」「ノアの泥酔」など複数の場面を描くことを決めたのである（次ページ）。側壁はすでにピエトロ・ペルジーノやサンドロ・ボッティチェリらによる、キリストとモーゼの生涯を物語るフレスコ画で飾られていた。

「光と闇の分離」に注目してみよう。研究者は長い間、ここに描かれた神の頸の不思議な形状と光の不自然な当たり方に関心を抱いてきた（149ページ図1）。神の体は左下から射し込む光に照らされているが、頸だけは右側からの光が当たっている。これは誤りなのだろうか？　アメリカのメリーランド州ボルチモアのジョンズ・ホプキンズ大学医学部教授で神経外科学者のイアン・スクとラファエル・タマルゴは、ここにはあるメッセージが隠されていると考えている。

二人はまず、ミケランジェロが描いた他の人物像の頸はこれほどゴツゴツして異様でないことを確認した。次に彼らは、天井画に描かれた頸は細部に至るまで、下から

ミケランジェロ(1475-1564) システィーナ礼拝堂の天井画(一部)

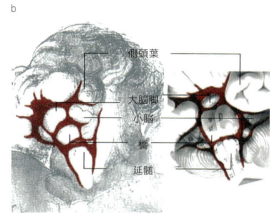

図1「光と闇の分離」で、(a) 神の頸以外の部分が、左下から右上に向かって射し込む光に照らされている。(b) 頸には人間の脳幹が描き込まれている。(c) 脊髄は胴を覆う服の襞に見てとれる。(d) また眼球と視神経も表されている。

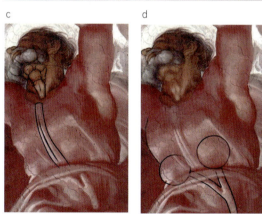

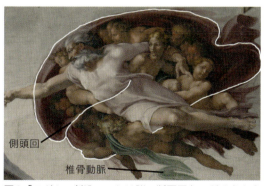

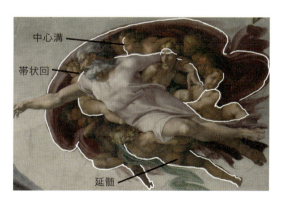

図2「アダムの創造」これは脳の断面図なのだろうか？

第5章　医学と人間の認識、知覚　149

見た人間の脳幹にそっくりであることを示したのである。実際、両者は驚くほど酷似している。

スクとタマルゴはさらに、神の胴部を覆う服の襞(ひだ)に、脊髄の形を確認した。それだけではない。腹部に見えるY字形の襞が上に伸びて、胸部の下で二つの隆起に接しているのは、レオナルド・ダ・ヴィンチが1487年に描いた眼球と視神経のデッサンにそっくりである。ダ・ヴィンチはミケランジェロの同時代人で、両者の間には交流があった。

1990年にはすでにアメリカの医学博士フランク・メッシュバーガーが、「アダムの創造」で神と天使たちを取り巻く布は、人間の脳の断面図であるという説を唱えている（図2）。しかしこれが、ミケランジェロをも苦しめた腎臓であるという説も存在することを、ここで付け加えておこう。

何ということもない雲の形に、我々が顔を見つけることがあるように、こうした類似は、二人のアメリカ人が神経系統図を見すぎたためだと説明できるのかもしれない。しかしミケランジェロは、彼の絵に脳を「隠す」のに必要な知識を持っていた。1493年に彼はフィレンツェのサンタ・マリア・デル・サント・スピリト教会に、彩色された木造の十字架像を寄付している。そしてその対価として、修道院付属病院の

神の頸は細部に至るまで、人間の脳幹に酷似している

死者を解剖する許可を得たのである。その後彼は、友人の外科医レアルド・コロンボの解剖学書の挿絵を描いている。

この類似が偶然でないとしたら、「光と闇の分離」に隠された解剖学的な図は何を意味しているのだろうか？ スクとタマルゴによれば、ミケランジェロはこの図像に象徴的な意味を込めようとしたのだという。アメリカ人の神経科学者ダグラス・フィールズは、これは宗教と科学の対立を表しているのではないかと問いかけている。あるいは、ミケランジェロは、知性――そしてヒポクラテスが考えていたように、知性の座である脳――によって信者は教会を介さずとも神と直接交信することが可能であると考えていたのだろうか？ そうだとすれば、ミケランジェロが解剖図を慎重に隠したことも納得がいく！

十字架刑の神経への作用

十字架に磔にされると、前腕部の神経が損傷を受ける。
また、多くの芸術作品に表現されているように、
指が不思議な曲がり方をする。

紀元前71年、ローマとカプアを繋ぐアッピア街道沿いに、磔にされた6000人の奴隷の十字架が並んだ。ローマの将軍クラッススは、トラキア人剣闘士スパルタクスが指揮する奴隷蜂起に対する勝利を、このようにして世に知らしめようとしたのだ。歴史家のアッピアノスが伝え、スタンリー・キューブリック監督の1960年の映画『スパルタカス』で有名になったこのエピソードは、十字架刑がローマ人の間で珍しいものではなかったことを示している。紀元前5世紀にこの刑罰を発明したとされるペルシア人以外にもケルト人、スキタイ人、アッシリア人、フェニキア人なども十字架刑を行なっている。

この刑罰が有名になったのは、いうまでもなくポンティウス・ピラトゥスがイエスに対して十字架刑を宣告してからである。現在では、十字架刑といえばこの出来事を指すことが多い。研究者の中には、この出来事が初めて絵画に取り上げられたのは、6世紀末に描かれ、現在フィレンツェに保管されている『ラブラ福音書』という彩色細密画だとする者もいる。少なくともこれが、ほぼすべての登場人物が揃った十字架の場面が描かれた最古の例である。しかし4世紀の東洋のモザイクや、5世紀初頭のメロヴィング朝時代の小さな象牙製浮彫板を挙げる研究者もいる。このように、キリストの磔刑は、西洋美術で極めて頻繁に取り上げられてきた。アンドレア・マンテーニャ、ラファエロ・サンティ、ディエゴ・ベラスケス、サルバドール・ダリなど、その例は枚挙にいとまがない。

この刑罰はいくつかの問題を提起している。刑死者の死因は、窒息なのか、それとも心不全なのだろうか？ 1989年にフレデリック・ズージベが行なった実験（被験者は十字架に長時間くくりつけられていた）からは結論を得られなかった。釘は手のひらと手首、どちらに打ちつけられたのだろうか？ 考古学研究の結果、後者の可能性が高いとされた。つまり橈骨と尺骨の間に打たれたのである。

もう一つ、長い間顧みられなかった問題がある。それは指の形である。多くの磔刑

エル・グレコ(1541-1614) 《十字架のキリスト》

図、特にエル・グレコ（1541-1614）のそれでは、親指と人差し指がまっすぐ伸び、小指と薬指は完全に折りたたまれ、中指が中間の形をとっていることが分かる（前ページ）。この形は、8世紀末にコンスタンティノポリスで初めて描かれている。これをどう説明すべきだろうか？　相手を祝福するときの聖職者も指をこの形に曲げることから芸術的創作と考えるべきなのか、それとも生物学的な根拠があるのだろうか？　アメリカのヴァージニア州フォールズチャーチにあるイノヴァ・フェアファックス病院の神経学者ジャクリーヌ・レガンのチームがこの問題に取り組んだ。

　手のひらや手首に打ち込まれた釘は、その部分の神経や筋肉を損傷するが、それによって指がこの形に曲がることはない。レガンらによれば、腕のもっと上部の神経が機能不全に陥ったことにその原因が求められるという。詳しく見てみよう。

　十字架刑に処された人間の両腕は、胴体の軸に対してそれぞれ約135度の角度を作り、前方に回転することになり、肘は極度に引っ張られた状態となる。さらに、両腕は全体重を支えなければならないため、腕を通る正中神経に大きな負荷がかかる（下図）。

　すると局所貧血が起きて機能低下を引き起こす。数回にわたる動物実験によって、このことは立証された。

　十字架刑によって、正中神経が圧迫されるのに対して、尺骨神経は影響を受けない。正中神経と尺骨神経の支配を受ける様々な筋肉を調べた結果、研究チームは、正中神経の局所貧血によって、十字架刑に処された人が指を特徴的な形に折り曲げることをつきとめた。親指と人差し指の屈曲をつかさどる筋肉は正中神経の支配を受けなくなるため、これらの指はまっすぐ伸びたままになる。ニューロンが働いていない休止時には、筋肉は収縮するのではなく、弛緩することを思い出そう。小指と薬指の筋肉は尺骨神経の支配を受けているので屈曲する。最後に、深指屈筋を含む中指の屈曲をつかさどる筋肉は、両方の神経の支配を受けるため、中間的な姿勢をとる。

　十字架刑はこのように、指の形が示す通り、神経障害を引き起こすのだ。モンティ・パイソン［イギリスのコメディグループ］の映画『ライフ・オブ・ブライアン』（1979）では、登場人物の一人が、ローマ時代の様々な刑罰の利点と欠点を比較しているが、こ

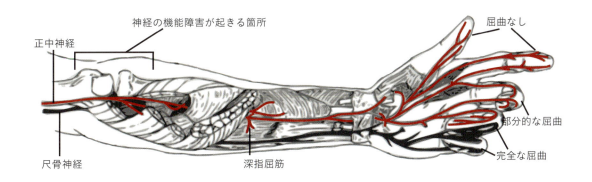

> ## 「いつも人生の明るい面を見ようよ」
> （モンティ・パイソンの エリック・アイドル）

の症状については述べていない。比較の結論は、あらゆる拷問の中でも十字架刑は最も快適だということだった。なぜなら……野外で行なわれるからだ。いつでも人生の明るい面を見るべきなのだ［「いつも人生の明るい面を見ようよ」は、『ライフ・オブ・ブライアン』エンディング曲］！

エピジェネティクスの景観を眺めて

胚の成長において、各細胞の運命は、
遺伝子と環境の両者によって決定する。
これは、細胞の行く手に立ちはだかる山や谷のようなものといえるだろう。
このメタファーを表す動画が作成された。

EpiGeneSysは、ヨーロッパにある150の研究所を結ぶ学術ネットワーク（Network of Excellence）である。ヨーロッパ共同体の資金提供を受け、本部はパリのキュリー研究所に置かれている。その目的は、エピジェネティクス研究とシステム生物学について、広く一般に知らしめることである。しかし、そもそもエピジェネティクスとは何だろうか？　それは、環境と個人史が遺伝子の発現にどう影響するかを調べる研究である。言い換えれば、遺伝子を含むDNAが本だとすれば、エピジェネティクスは細胞を利用した本の解釈だ。

キュリー研究所のジュヌヴィエーヴ・アルムズニの協力を得て、スコットランドにあるダンディー大学のポール・ハリソンがこのテーマに取り組んだ。大まかにいえば、彼は生物学の様々な知見をどう表現するかという問題に関心を抱き、生物がどう機能しているのかを分かりやすく示して理解してもらうための新たな方法を編み出したのである。

同じくダンディー大学に設置された製造ユニットVivomotionのマイリ・タウラーや、芸術家リンク・リーとともに、ハリソンは《エピジェネティック・ランドスケープ》の構築に挑んだ。これは何か？　胚が成長するにつれて細胞は分裂を繰り返し、様々な機能を持つ細胞に分化し、ニューロン、肝細胞、筋肉細胞、白血球などが作られていく。細胞の種類によって、異なる遺伝子が発現する。実際、すべての細胞が同じ遺伝情報を持ってはいるものの、例えばインスリンを作り出すのは膵臓内のβ細胞だけである。こうした多様な遺伝子発現に、エピジェネティクスが大きく関係している。つまりDNAそのものや、これが巻きついているヒストンタンパク質の化学修飾［化学反応によって分子に他の分子を結合させたり変化させたりして、活性などの機能を変化させること］によって、一部の遺伝子に対しては細胞のタンパク質製造メカニズムが機能できるが、他の遺伝子は逆に、深いところに埋め込まれている、あるいは隠れているのだ。

従って細胞は完全に自由に分化するわけではない。細胞は遺伝子に命じられた通り

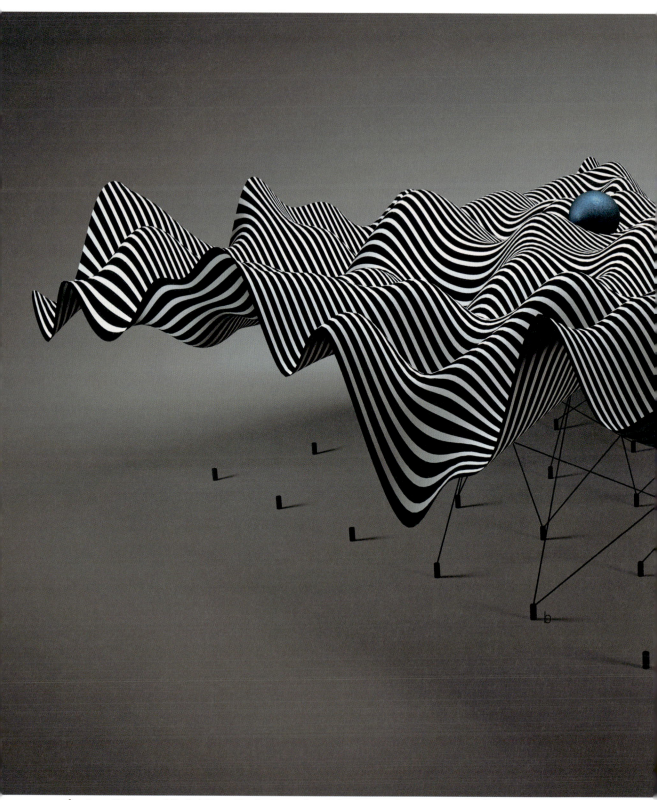

ポール・ハリソン、マイリ・タウラー、リンク・リー 《エピジェネティック・ランドスケープ》

に分化するが、その遺伝子は環境の影響を受けて発現するのである。近代的な意味での「エピジェネティクス」という語を初めて用いた、イギリスの生物学者コンラッド＝ハル・ウォディントン（1905-1975）は、これを直感的に理解するために「エピジェネティック・ランドスケープ」を考案した。この図は『遺伝子の戦略 *The Strategy of the genes*』（1957）などの彼の著作に登場する。ハリソンらはこの概念を採用して、動画を制作した（156-157ページ）。

白と黒の縞模様の布でできたこのランドスケープには起伏があり、これは遺伝子（黒い杭）の発現／非発現を示している。特定の遺伝子に対するエピジェネティクスの影響は紐で表され、これはピンと張られているかどうかによって谷にも山にもなる。つまりある種の「化学変化」によって紐を伸ばしたり縮めたりしてランドスケープを変えるのである（布は伸縮する）。そのいくつかは調和（aでは、紐は一つの結び目に集まっている）し、他のものは複数の効果を持つ（bでは、同じ杭から複数の紐が出ている）。

有機体の細胞の分化は、ここでは、ランドスケープを転がるビー玉（赤、青、黄）で表される。ビー玉には、ひたすら転がり落ちる以外のことはできない！　分岐点に達するたびに、遺伝子や環境に応じて選択が下される。再度遡ってやり直すことは不可能で、細胞は最終的な形態に分化するまでひたすら進んでいく。ウォディントンはこの道筋を「クレオード」と名付けたが、この言葉は、「必要な道」を意味する二つのギリシア語から成っている［ギリシア語の「クレー（必然性）」と「ホドス（道）」を合わせた造語である］。

ウォディントンにとってエピジェネティック・ランドスケープは、厳密な解釈は不可能な、大雑把な理解を可能にする図式に過ぎなかった。しかし今では状況が変わっている。いくつかのチームが、（脂肪細胞、筋肉細胞などの）細胞のエピジェネティック・ランドスケープとその分化の過程を解明することに成功した。そこで明らかになった力学は、ハリソンの動画と一致している。メタファーは、もはや一つには限定されないのだ。

> 細胞が何に分化していくかは、遺伝子によって制御され、その発現は環境次第である

イエス・キリストは
33本の歯とともに死んだ

ミケランジェロの人物彫刻のいくつかは、過剰歯が見られる。
ローマのサン・ピエトロ大聖堂に安置されている
《ピエタ》のイエスも、その一例。
過剰歯は決して珍しい現象ではないとはいえ、
このイタリア人のアーティストがそれを様々な人物像にあてがったのは、
一体なぜだったのだろう？

　1972年5月21日の聖霊降臨祭の日、ラズロ・トートはイタリア、ローマのサン・ピエトロ大聖堂の中を歩いていた。1499年頃にミケランジェロ・ブオナローティ（1475-1564）が彫った《ピエタ》（161ページ）にこっそり近づいたトートは、突然懐からハンマーを取り出して、彫像に打ちかかった。取り押さえられるまでに、彼は像を15回叩き、聖母マリア、特にその鼻の部分を破壊した。その後修復された《ピエタ》は、現在では強化ガラスで守られている。すべてはあっという間の出来事で、精神を病んだこの男が果たして、イエスの顔を眺める暇があったかどうかも分からない。けれども、もしそうしていたら、彼はびっくりして攻撃をやめていたかもしれない。なぜだろうか？

　イエス像の上顎から、思いも寄らない数の切歯——4本でなく5本——が生えているのだ（次ページ上図）。このような例が見られるのは《ピエタ》だけではない。システィーナ礼拝堂の壁画《最後の審判》の左側下部、祭壇の背後にミケランジェロが描いた悪魔のうちの1体も、この奇妙な特徴を持っている（次ページ中図）。同じ礼拝堂の天井に見られるデルフォイの巫女の切歯も1本多い（次ページ下図）。

　ローマの芸術アカデミーで美術解剖学講座を担当し、ローマ大学およびパレルモ大学の教授でもあるマルコ・ブッサーリは、1996年にシスティーナ礼拝堂の修復作業が行なわれた際に、足場の上から観察してこのことに気がついた。ミケランジェロの他の作品、例えば《クレオパトラ》などにも、この特徴を見ることができる。ミケラ

> 人口のほんの一部に、
> 過剰歯を持つ
> 人々がいる

第5章　医学と人間の認識、知覚

5本の切歯！《ピエタ》のイエスのシンメトリーは、正中過剰歯の存在によって破られている。

歯は何本？ システィーナ礼拝堂の《最後の審判》に描かれた悪魔も、正中過剰歯を持っている。これは神の恩寵の不在を表している。

デルフォイの巫女はキリスト誕生前の存在だったため、ミケランジェロはその印として正中過剰歯を与えた。

ンジェロは写実主義で、解剖学的に正確な描写で知られていたが、果たして彼が繰り返し間違いを犯したと考えるべきだろうか？ それとも故意にこのような歯並びにしたのだろうか？

このような歯並びの人は、実際に存在する。従ってミケランジェロも、同時代人のうちにそのようなケースを見知っていたのだろう。上顎の真ん中（正中）にできる切歯は正中過剰歯と呼ばれ、過剰歯の中でも最も例が多く、人口の0.15〜1.9パーセントに現れる。その原因は分かっていないが、遺伝的な要因や、歯槽硬線（歯根の周囲を取り巻く歯槽骨の薄い層）の増殖などが推測されている。過剰歯は切歯だけに限らない。例えば第四大臼歯や第三小臼歯が生えてくる場合もある［正常な歯では、第三大臼歯と第二小臼歯までしかない］。このことも、ミケランジェロの時代にはすでに知られていた。彼の二つの作品にも記録されており、そのうち一つは、ミケランジェロも時々死体の解剖を手伝っていた外科医レアルド・コロンボの著書の挿絵である。

従って、単なる誤りという可能性は除外してよさそうだ。それでは、繰り返し現れるこの異常な歯並びをどう説明すべきだろうか？ 20年前からこの問題に取り組んできたマルコ・ブッサーリは、著書にその結論をまとめている。彼によれば、ミケランジェロは、正中過剰歯が調和を乱すものであり、魂の理想や和合の精神に反していると考えていた。つまり正中過剰歯は、神の恩寵の不在を象徴しているのである。そのため、クレオパトラやデルフォイの巫女のように、キリスト誕生以前の時代に生きていた人物に与えられている。《最後の審

ミケランジェロ・ブオナローティ(1475-1564) 《ピエタ》

判》で、悪魔や地獄に堕ちた人間が正中過剰歯を持っているのもこのためだ。

　ではピエタ像のイエスは？　なぜその口に「悪の歯」があるのだろうか？　それは、イエスが全人類の悪を背負っているからだ。つまり正中過剰歯は、イエスの慈悲を象徴しているのである。これが、キリスト教神学に通暁したミケランジェロの生きていた文化背景を綿密に調査した、マルコ・ブッサーリの結論だ。彼は、聖書、文学作品、哲学、神学、図像学などがいかに芸術家に影響を及ぼし、その象徴の豊かなレパートリーを増やしていったかを示している。従って、異様な歯並びは神学思想に適っている。ミケランジェロは、イエスに歯向かおうとしたわけではなかったのだ！

漫画とマンモス

画家ポール・ジャマンが描いた人類は、
弱々しく、自然の猛威に立ち向かう力を持っていない。
我々の祖先のこのようなイメージは長く存続してきた。
しかし、そろそろ正しい歴史認識に軌道修正すべき時ではないだろうか。

2015年10月17日、6年間の大規模な改装工事を終えて、フランスの人類博物館が再び開館した。見学者への推奨展示ルートに沿って、生物学、先史学、民族学、哲学、人類学の各分野にまたがる展示品が、次の三つの根本的な問いに回答するか、少なくともその手がかりを与えることを目指している。それらの問いとは、「我々は一体誰なのか？」「どこから来たのか？」「これからどこに行こうとしているのか？」である。最後の問いは耳慣れないかもしれないが、人類が世界を征服し、自然を大きく作り変えたことを考えれば、これもまた不可欠な問いというべきだろう。グローバル化の時代にあって我々は身の回りの環境を刻々と変化させており、果たしてこの急激な変化に適応できるのか、博物館と共に考える必要がある。

ポール・ジャマン（1853-1903）が1885年に描いた絵《マンモスからの逃亡》を前にした時も、同じ問いが心に浮かぶ（165ページ）。人類博物館の中二階の、他の展示品から少し離れたスペースに展示されたこの絵の前で、人は次のように自問するだろう。我々の祖先である狩猟採集社会の人間は、環境にうまく適応できたのだろうか、と。現在、私たちが地球に存在していることを見れば、答えは明らかだが、それにしても、人類はなんと遠い旅路を歩んできたかと考えずにはいられない！

絵には、一面の雪野原で、巨大で恐ろしげなマンモスから命からがら逃げ出す4人の男の姿が描かれている。右側に見える焚き火を囲んでいるところに、マンモスが突然現れたのだろう。空は暗く赤みがかり、日の出または日の入りの頃であることをうかがわせる。

この光景は歴史的にどこまで正しいのだろうか？ フランス国立自然史博物館のパスカル・タッシーによれば、描かれている動物は、その体毛からいっても確かにマンモスだが、一般的に最もよく知られているケナガマンモス（Mammuthus primigenius）の特徴には合致していないという。牙が全く螺旋状になっていないところなどがそうだ。

恐怖に駆られて逃げ出す人間たちも、タッシーの注意を引いた。我々の祖先の日常生活でどれほどの重要性を持っていたかは不明なものの、当時マンモス狩りが行なわれていたことは分かっている。だとすれば、普段は獲物であるはずの動物を見てこれほど怯えるのは妙だ。

最後に、この風景もまた問題を提起する。1日あたり何キログラムもの植物を食べていたマンモスは、背の高い草や灌木の生える広大なステップで暮らしていた。つまりこのように雪で覆われ、食べるものもない場所を動き回っていたとは考えられない。それにもかかわらずマンモスがこのような環境にしばしば結びつけられるのは、多くの化石や死骸がシベリアで発見されているからかもしれない。

これらのことからタッシーは、ポール・ジャマンの絵は、『ピエ・ニックレ』よりも古い時代にあった一種の漫画、戯画のようなものだ［『ピエ・ニックレ』は1908年に登場した初期のフレンチ・コミック］としている。画家は当時のステレオタイプで頭がいっぱいの都市生活者だったのだろう。しかし、たとえそうだとしても、この絵は魅力に満ちている。

同じく国立自然史博物館のマリレン・パトゥー＝マティもこれに同意する。この絵は先史時代の人間の日常を、19世紀末の人々が持っていたイメージに従って描いたものなのだ。つまり敵対的な自然に対して無力な、弱々しい人間という構図だ。その世界では、野生動物は強力で恐ろしい。ここに描かれているマンモスも、どっしりとして動かず、人間を見下しているかのよう

> ポール・ジャマンの絵は、パスカル・タッシーによれば『ピエ・ニックレ』登場以前の漫画のようなものだ

だ。耳や鼻の様子を見れば、不安は微塵もうかがえず、自信に満ちている。

人間についていえば、明らかにホモ・サピエンスでネアンデルタール人ではないのだが、なかなか上手に描かれているとパトゥー＝マティは評価する。彼らの服装や髪、武器は、まさしく「るつぼ」であり、ありとあらゆる可能性を秘めているように見える。

こうした人間は、ジャマンの時代に支配的だった、人類の直線的な進化という考え方に合致している。学問としての先史学の黎明期には、技術を持たない我々の祖先は当然現代人より原始的であると考えられていた。絵画、彫刻、小説などの様々な表現形態に支えられたこのイメージは、長い間変わることがなかった。現在広く認められている、人類は共通の祖先から分岐的に進化したとする樹状モデルが浸透するまでには長い時間がかかったのだ。豊かな展示物を見てこうしたことすべてを理解するために、人類博物館にぜひ足を運んでほしい。

ポール・ジャマン（1853-1903）　《マンモスからの逃亡》

第6章

科学技術

バベルの塔建設に使われた機械

ピーテル・ブリューゲル（父）は聖書の記述とのずれを
意に介さず、大作《バベルの塔》に
同時代の先端技術を描き込んだ。

彼らは、「さあ、天まで届く塔のある町を建て、有名になろう。
そして、全地に散らされることのないようにしよう」と言った。
——（旧約聖書新共同訳『創世記』11章4節）

聖書によると、ノアの曾孫のニムロドが人々を治めていた頃、ノアの子孫である人間たちは皆、同じ言語を話していた。やがてニムロドは、天に届くほど高い塔を建てようと考え、建設を始めた。これに怒った神は、罰として人々の言葉をバラバラにしたため、彼らは互いを理解できなくなり、やがて塔の建設をやめてしまった。このバベルの塔の伝説は、もともと新バビロニア時代（紀元前7世紀〜前6世紀）に都市バビロンに実際に建設された、マルドゥク神に捧げられたジグラット（階段ピラミッドの形をした宗教建築物）であるエ・テメン・アン・キの影響を受けて成立したのかもしれない。この歴史上の塔の高さは70メートルほどだったと考えられている。

伝説であろうとなかろうと、バベルの塔の物語は多くの画家の心をとらえた。その中でも特に有名なのが、ピーテル・ブリューゲル（父）（1526頃-1569）の手になる1563年の作品だ。彼はこのテーマで3枚の絵を描いたが、現存するのは、オランダ、ロッテルダムのボイマンス＝ファン・ベーニンゲン美術館所蔵の小品と、オーストリアのウィーンの美術史美術館所蔵のより大きな作品（170-171ページ）の2枚である。バベルの塔が描かれた他の作品と同じく、この作品にも、建築学的、技術的なアナクロニズムが認められる。反対に歴史家にとっては、16世紀に使用されていた機械類について知ることができるまたとないチャンスなのである。

この縦長の俯瞰図からは、塔の重厚感がよく伝わってくる。左側には城壁で守られた町があり、右側には港が見える。塔の桁外れな大きさは、その上部に少しかかって

いる雲で強調されている。この塔はまだ未完であるにもかかわらず、窓の洗濯物から分かるように、左側の一部分にはすでに人が住んでいるようだ（図a）。

　ブリューゲルが、この絵に取りかかる以前に住んでいたこともあるローマの町から着想を得たことは間違いない。何連も続くアーチやその他の建築学的な特徴は、（ニムロドの計画と同様）1世紀のキリスト教徒にとって傲慢と迫害の象徴だったコロセウムにそっくりである。

　塔は、少なくとも三つの異なる素材を用いて建設されている。まず、四角い切石は建設現場の下の方に見える石切場から切り出されたものだろう。次に白い石が、表面を覆う化粧石として使われている。最後に、赤レンガが内部の建設に用いられている。赤レンガは聖書の記述通りだが、当時のフ

> ブリューゲルが描いた
> バベルの塔のアーチの
> 連なりは、ローマの
> コロセウムを想起させる

《バベルの塔》の細部。a. 洗濯物が干されており、居住者がいるようだ。b. ジブ付きのクレーン。c. 踏み車付きのクレーン。d. 二つの踏み車を備えたクレーン。

ピーテル・
ブリューゲル(父)
(1526頃-1569)
《バベルの塔》

ランドル地方でも広く使われていた。しかし、同じく聖書に登場するアスファルトはここには見えない。

　工人たちは皆細かく描かれている。特に、この大事業を指揮するため、工事現場を一望できる高台に立つニムロド王の周囲の職人は丁寧に描き分けられている（下部左側）。石工、レンガ職人、大工、車大工など、あらゆる職人集団がここに見てとれる。

　絵の中で重要な役割を占めている様々な道具や機械に注目してみよう。シャベル、ツルハシ、熊手、槌、はしごのように、遠い昔から使われてきた工具の他に、この絵にはさらに複雑な機械、特にクレーンが登場する。想像に任せて描いたものは一つもなく、鋭い観察眼を持つブリューゲルは、工人の姿勢など細部に至るまでおろそかにせず、丹念に描き込んでいる。

　塔の右側には、3種類のクレーンが見える。まず、3段目にある、張り出したジブ（腕）を持つクレーンははっきりと描かれている（169ページ図b）。そのほぼ真下の1段目には、伝統的な踏み車を備えたクレーンが、不安定な足場の上に置かれている（169ページ図c）。玉掛け用ロープは、回し車の中のハムスターのように「歩いている」工人たちがいる踏み車の外径部に巻きつけられている。そのすぐ横には、滑車を備えた丁子形支柱が見える。このように両者が並んでいては、工人が吊り荷の石を移動させる作業スペースがほとんどないから、現実的とはいえない。

　最後に2段目には、より複雑な構造のクレーンが見える（169ページ図d）。これは本体部分とその両側に設置された二つの踏み車で構成され、踏み車の車軸にあたる巻上げ機によって、本体部分から繰り出された玉掛け用ロープが上下する。その姿は、14世紀にブリュージュの港湾に設置されたクレーンを彷彿とさせる。このクレーンは16世紀になっても、フランドルの画家シモン・ベニングの《月暦図》に描かれるほど有名だった。ブリューゲルの絵もまた、故国の大工の高い技術力へのオマージュが込められていたのかもしれない。

　バベルの塔が未完に終わったのは、少なくともブリューゲルの絵を見るところによると、神が人々の言葉を乱したからではないとする解釈もある。それによると、原因はむしろ建築学的な問題にあった。アーチ部分は地面に対して垂直に建っているが、塔の上の方の段はどれも水平ではない（コーニスは螺旋状になっている）。構造が傾いているため、不安定なのだ。さらに上段の一部は完成しているのに対して、基壇や下の段は未完のままである。

　ブリューゲルのこの大作は、芸術や職業が重きをなしていた時代には重要だったカタログのような役割を果たしている。しかし5年後に描かれたバベルの塔はだいぶ様子が異なる。機械や足場は遠方に置かれ、工人はアリのように小さい。この作品がいかに卓越したものであるかを少しだけ垣間見たといったところだ。

ダ・ヴィンチと美しい襞

ルネサンス期の巨匠は、衣服の襞をはじめとする
自然現象を驚くほど鋭い目で観察し、表現した。
その後、現代の数学者たちが、
物を覆う布の動きに関する法則を発見する。

　1470年にレオナルド・ダ・ヴィンチ（1452-1519）は、亜麻布に《腰掛けた人物像の衣襞》（175ページ）を描いた。ところが、フランス、パリのルーヴル美術館所蔵のこの作品を誰が描いたのか、研究者の意見は長い間分かれていた。一部の研究者は、イタリア、フィレンツェのウフィツィ美術館に展示されている《サン・ジュスト祭壇画》によく似ているとして、その作者ドメニコ・ギルランダイオの名を挙げた。またアルブレヒト・デューラーの作品と考える者もいた。現在、これを描いたのは《モナリザ》の作者とすることで、学界の意見は一致している。《腰掛けた人物像の衣襞》はウフィツィ美術館所蔵の《受胎告知》の聖母マリアを描くための下絵だった。

　衣服の襞が正確に再現されていることに疑問の余地はない。ダ・ヴィンチは、襞の現れ方や、重い布が両足の周りに垂れる様子を細かく観察している。ここに描かれている布は、単なる装飾ではなく現実の衣服で、その表現は完璧だ。ここにも強風や樹木を表現する場合と同じ、ダ・ヴィンチ特有の執拗なまでの正確さの追求が認められる。

　服の裾がひるがえっている図像やアニメ映画などを見て、布の動きの正確な表現に感嘆することはできても、数学者たちが物を覆う布や身につけた衣服の動き方の法則を完全に理解するのは難しかった。実際、このような複雑な形の研究は長い間ほとんど進まなかった。顔のしわの形成や地殻のひずみなど、この現象の応用範囲が極めて広いことを考えれば、驚くべきことである。

　イギリスのケンブリッジ大学のエンリケ・セルダとアメリカのハーバード大学のラクシュミナラヤナン・マハデヴァンが、この難題に挑戦した。二人は重力の支配下にある布の形を調べて、襞の現れ方だけでなく、その形や大きさまで予測する法則を発見した。

　いきなり複雑な問題に取り組む代わりに、彼らは円形の布を中心から吊り下げた場合にできる、円錐形という単純な例から始めた。そして正確に襞がいつ、どんな状況で現れるか、細かく観察することに成功

> 物を覆う布が正確に
> どんな襞を作るのか、
> 数学者たちは長い間
> 知らなかった

した。これは特に、「重力の長さ」というパラメーター（L_gと記される）を定めることで可能になったが、そのパラメーターは、布における重力に起因するエネルギーと、襞ができた結果生じるエネルギーが同程度になるという状況に対応している。このパラメーターL_gは、布の厚み、布目の細かさ、硬さ、重力加速度gなどを考慮に入れている。

また布を一つの次元で伸ばした場合、それが他の二つの次元においてはどのように形状を変化させることになるかという点も重要である（例えばゴムバンドを引っ張ると、幅と厚みは小さくなる）。ゴムでできたシートの場合、L_gは約1センチメートルだが、包み紙では3センチメートルになる。

こうして得られた法則に従って、セルダとマハデヴァンは、他の状況（布の面積がL_gよりずっと大きい場合）ではどんな襞が生じるかを予測できるようになった。例えば丸テーブルから垂れ下がるテーブルクロスが作る円筒形や、上部がギャザー加工されているカーテンのうねりなどである。彼らはまた、どんな布についても、安定した襞の状態が複数存在し（その方程式は複数の解を持つ）、そのうち一つの状態から次の状態に移行するのに必要なエネルギーはごくわずかであることも示した。例えばインドの民族衣装サリーが、一歩進むごとに、あるいは微かな風によって、襞の数とその形を変えることからもそれが分かる。

レオナルド・ダ・ヴィンチにとって、科学とはすなわち観察であった。彼はある現象を理解しようとする場合、必ず細部まで正確な絵を描いており、布の襞も例外ではない。セルダとマハデヴァンの原則があれば、見本は必要なかっただろう。この原則は、今では繊維製品の製造業者に利用されており、顧客は縫製開始前に注文した服が自分に似合うかどうかをコンピューターで確かめることができる。

セルダとマハデヴァンはこの研究で2007年に、「まず笑わせ、それから考え込ませる、ありそうもない研究」に対して授与されるイグノーベル賞の物理学賞を授与され……どうやら気を悪くしたらしい！

レオナルド・ダ・ヴィンチ（1452-1519） 《腰掛けた人物像の衣裳》

見えなくなる杯

4世紀のローマ時代のある杯は、光の当たり具合によって色が変わる。この現象は、電子の振動である「表面プラズモン」によって説明できる。物理学者たちはこの原理を用いて、マイクロプロセッサやより精密な検知器、姿が見えなくなるマントを作り出そうとしている！

古代芸術と最新の物理は相性がいいようだ。その最も華々しい証拠の一つを、ロンドンの大英博物館で見ることができる。4世紀に、おそらくローマで制作された《リュクルゴスの杯》である。

高さ16.5センチメートルのこの杯は、『イリアス』の中で語られる伝説で装飾されている。その伝説によると、紀元前8世紀のトラキア王リュクルゴスは怒りっぽい男で、ある時デュオニュソス神とその巫女アンブロシアを攻撃した。神の助けを求めたアンブロシアがつる草に姿を変えられ、リュクルゴスに巻きついてその動きを妨げている間に、デュオニュソス神がお付きのパンやサテュロスと共に王を懲らしめたという。ローマ人は、リキニウス帝［トラキアを含むローマ帝国の東側を支配した］に対するコンスタンティヌス帝の324年の勝利を記念して、このテーマを採用したのかもしれない。

《リュクルゴスの杯》に、どんな物理学の秘密が隠されているのだろうか？ それは光に関係している。この杯はガラス製で、外側から照らされると光が反射して、不透明な緑色に見えるが、反対に内側から光を当てると光が透過して、半透明な赤色に見える。金赤ガラスと呼ばれるこのようなガラスは、ラスター彩［中世イスラム陶器の一種で、釉薬（陶磁器の表面を固めるガラスの層）の効果によって金属のような光沢を持つ］のいくつかの例と同様、構造色を利用した古代の器である。構造色とは、顔料などとは違って、光と素材の構造が干渉しあって色がついているように見える現象のことである。モルフォチョウなど一部の蝶の翅の色も構造色によるものだ。

ローマ時代の職人が制作したガラス器の組成が解明されたのは、ようやく1980年代末になってからのことである。その結果、（直径50〜100ナノメートルの）金属微粒子が含まれていることが分かった。含まれている金属は、質量比7対3の金と銀の合金で、その他に微量の銅も検出された。非導電性物質であるガラスにこれらの金属が含まれていると、電子の振動であるプラズモンが発生し、素材の中に拡散する。特に、

外側から光を当てた場合

内側から光を当てた場合

《リュクルゴスの杯》ローマ、4世紀

十分な数の自由電子を含む固体、例えば金、銀、銅、アルミニウムのように多量の伝導電子を持つ素材に現れることが多い。

この現象が発見されたのは1980年代のことで、金属と（空気やガラスなどの）非導電性物質の界面に光を照射すると、金属の表面を自由に動き回る自由電子が光波と共鳴的に相互作用する場合があることが確認された。つまり、金属表面の電子がその外部の電磁場の振動に同期して振動するのだ。その結果、電子の密度波が発生して界面に広がっていく。これが「表面プラズモン」である。

《リュクルゴスの杯》の場合、金属微粒子の電子がプラズモン励起して、波長の短い青や緑の光を吸収・散乱する。このため、外部から光が照らされると杯は緑色に見える（反射光）のに対して、内側から光が当てられると、杯は最も波長の長い光だけを透過し、他の光は吸収するので、赤く見えるのである。

金赤ガラス（クランベリーガラスともいう）の起源は分かっていない。専門家によれば、アッシリアの粘土板文書に登場する「人工サンゴ」がこれを指している可能性があるという。どちらにしても《リュクルゴスの杯》は、知られている限り、現存する最古の金赤ガラス製品である。

その製造技術はローマ時代以降、数百年にわたって失われていたが、17世紀にボヘミア地方のガラス職人によって再発見された。1679年に編纂された『ガラス製造術　*Ars vetraria experimentalis*』［ドイツ人化学者ヨハン・クンケルの著作］に、その製法が記されている。それによると、金を王水（塩酸と硝酸の混合液）に溶かしたものを、ガ

第6章　科学技術　177

ラスの原料の珪砂に混ぜて使用する。金赤ガラスは19世紀のイギリスで製造のピークを迎えた。現在では、ゲランやクリスチャン・ディオールなどの香水メーカーが香水瓶として製造している。

　2008年に、フランス美術館修復研究センター（C2RMF）のヴァンサン・レヨンが、考古学調査で出土した陶磁器の釉薬には、プラズモンの効果を利用したものもあることを示した。その効果で表面を玉虫色に輝かせることができたのだ。その最古の例は9世紀の皿で、アッバース朝時代の首都の一つだった現イラクの古都サマッラで発見されたものである。

　1980年代以来、多くの物理学者が表面プラズモン（プラズモニクスと呼ばれる）の研究を進め、超高速のマイクロプロセッサなど様々な方面での応用を目指している。また望遠鏡や発光ダイオード（LED）、さらに化学および生物剤検知器の効率も高められそうだ。

　長期的な試みもある。微粒子（金で覆われた直径100マイクロメートルの二酸化ケイ素の粒）に表面プラズモン共鳴を発生させると、光を吸収しつつ加熱するため、例えば赤外線レーザー光を吸収させることによってがん細胞だけをピンポイントで殺すこともできるかもしれない。

> ハリー・ポッターの
> 透明マントは、少なくとも
> 理論上は、もはや単なる
> 夢物語ではない

　さらに、強い減光を生じる表面プラズモン共鳴の効果によって、物を見えなくすることさえ考えられている。2006年に、インペリアル・カレッジ・ロンドンのジョン・ペンドリーのチームは、メタマテリアルで物体を覆うと、電磁波はその物体を迂回するように屈折するため、物体は透明になったように見えるとする理論を発表した［メタマテリアルとは、光を人工的に操り、自然界に存在しない特性を持たせた物質のこと］。H・G・ウェルズの透明人間やハリー・ポッターの透明マントは、少なくとも理論上は、もはや単なる夢物語ではないのだ。こんな力を持っていれば、リュクルゴスもデュオニュソスの攻撃をかわすことができたに違いない。

ルイ15世の亡霊

シャルル=アメデー・ヴァン・ローの寓意画には、
「最愛王」と呼ばれたルイ15世の肖像画が隠されている。
多面体レンズを通して絵を見た場合にだけ、
屈折率の法則によって「魔法のように」画像が現れる。

アナモルフォーシス（歪像画）とは、視覚のトリックを利用して作られた歪んだ画像のことである。正常な画像は、ある視点から見るか、または鏡などの「解読器」を使わないと見ることができない。知られている限りその最古の例は、レオナルド・ダ・ヴィンチの『アトランティコ手稿』に見られる「子供の顔」である。またアナモルフォーシス技法を用いた最も有名な絵の一つが、ドイツの画家ハンス・ホルバイン（子）（1498頃-1543）の《大使たち》である。ロンドンのナショナル・ギャラリーに展示されているこの絵では、描かれている二人の人物の足元の長細い物を下から見上げるようにして眺めると、頭蓋骨が姿を現す。これらの例は、単純、あるいは直接的なアナモルフォーシスである。しかし他にも二つのタイプが存在する。

一つは鏡面投影方式で、円筒や円錐の鏡面などに映すことで「正常な」画像が浮かびあがる。歪んだ像は、鏡面を設置する場所の周囲に展開するように描かれる。17、18世紀には、この技法は、風刺画やエロティックな場面などを描くのにしばしば用いられた。

もう一つの屈折光学方式の効果は、さらに驚くべきものだ。その一例が、ヴェルサイユ宮殿に現存している。1742年にシャルル=アメデー・ヴァン・ロー（1719-1795）が手がけた《ルイ15世の寓意画》である（181ページ）。ヴェルサイユ宮殿の学芸員であるエレーヌ・ドラレックスがこの作品を調べた。そこには何が描かれていたのだろう？

「高潔」を表す女性が、黄金のユリの花で飾られた大きな金縁の白い盾に片手をかけて座っている。その周囲にいるのは、「正義」（下右）、「軍事的能力」（「高潔」の後ろの、槍と旗を持つ人物）、「勇敢」（「軍事的能力」の後ろの兵士）、「英雄的美徳」（ヘラクレスの持ち物である棍棒と三つの黄金のリンゴを持つ戦士）、「無敵の美徳」（小枝を手に持つ女神ミネルヴァ）、「寛容」（左側の女性）である。ではルイ15世は、一体どこにいるのか？

ヴァン・ローはこの作品の秘密を、財産

管理人のバラリーに打ち明け、バラリーはこれをマルセイユの美術アカデミーに伝えた。それは、「これらの美徳は一致協力して、国王の頭部を形成している」というものだった。円筒にはめ込んだ多面体レンズを通して（望遠鏡のように）絵を見ると、寓意像の様々な部分の画像が屈折して、盾の中央に国王の肖像が姿を現す（右図1、ドラレックスによる画像処理）。「高潔」は頬と目の一部、片耳と1本の眉、「正義」は目の一部、「軍事的能力」は鼻と口、「英雄的美徳」は頬、口、鼻、鼻孔、「無敵の美徳」は目の一部、「寛容」は目とこめかみ、ライオンはこめかみと額、そして仮面は額と1本の眉を、それぞれ王の顔に与えているのである。

そして何一つ、偶然に任されてはいない。ルイ15世は「正義」から、目の一部をもらっているが、それは「正義の目からは、何ものも逃れ得ない」からなのである。同様に「軍事的能力」から口をもらっているのは、「指揮権を行使するため」だ。

この屈折光学方式は、ミニモ会修道士ジャン＝フランソワ・ニスロン（1613-1646）が1638年に著した、目の錯覚に関する最初の著作である『奇妙な遠近法 La Perspective curieuse』で理論化されている。そこには、前年に発表された「屈折光学」でデカルトが展開した、屈折に関する理論の最も古い考察が登場する［「屈折光学」は、気象学、幾何学と並ぶ方法の試論として、デカルトの代表作『方法序説』に含まれている。ただし現在『方法序説』という場合、この書籍の序文のみを指す］。例えば空気中と水中のような、異なる環境では、光の屈折率が異なることを思い出そう。水中から半分つき出た棒は、

図1 画像処理による、ルイ15世の隠された肖像画の再構成。

図2 屈折光学方式のアナモルフォーシスの別の例。オスマン朝のスルタンの肖像の断片から再構成されたルイ13世の肖像画。

シャルル=アメデー・ヴァン・ロー(1719-1795) 《ルイ15世の寓意画》

折れ曲がっているように見える。この現象は、10世紀末のアラブ人数学者イブン・サールによって取り上げられている。ニスロンはこの屈折光学の実例をいくつか紹介しており、その中にはオスマン朝のスルタンの肖像の断片から再構成されたルイ13世の肖像画も含まれる（180ページ図2）。《ルイ15世の寓意画》は、驚くような方法で、デカルトの考察の中心にある懐疑論を示している。デカルトは、我々は自らの感覚を疑う必要がある、なぜなら目の錯覚が示すように、感覚は時に私たちを裏切ることがあるからだと考えていた。折れ曲がっているような水中の棒を見るとき、我々の感覚は常に我々を裏切っているのではない

> 「正義」はルイ15世に
> 目の一部を与えている。
> 「正義の目からは、何ものも
> 逃れ得ない」からである

か、と自問せざるを得ない。しかしルイ15世はそんな疑問に頭を悩ませることはなく、魔法のようなこの肖像画に「大変ご満悦」あそばされたそうである。

塗料と流体力学

ジャクソン・ポロックは、容器に入った塗料にスティックを浸し、
キャンバスに滴らせて作品を制作した。
このようにして流体力学、
特に重力の支配下にある液体の運動の法則に
制作を委ねたのである。

　芸術家は時に、物理の法則に支配された自然現象と向き合うことがある。両者の関係には、いくつかのタイプがある。「流れ」を例にとってみよう。レオナルド・ダ・ヴィンチは数多くの観察や研究を通じて液体、特に急な流れの仕組みを理解しようとした。彼は様々な絵画作品に、波や急流を描いている——しかし本物そっくりな表現に成功した例は、決して多いとは言えない。このことは、流体力学の領域に属する事柄が、絵筆とはあまり相性が良くないことを示している。

　物理の法則と芸術の関係は、必ずしもこのような表現の困難さという問題に留まらず、思いも寄らない方向に進むことがある。そのため、液体の運動をどう分析したかを知ることが、一部の芸術家の作品を理解する上で、時には非常に重要だ。アメリカのボストン・カレッジのアンジェイ・ヘルチンスキーとクロード・チェルヌスキーは、ハーバード大学のL・マーデファンとともにこの問題に取り組んだ。彼らはアメリカ人画家ジャクソン・ポロック（1912-1956）の絵の秘密に迫ったのである。

　1940年代に、ポロックはロングアイランドの古い広大な納屋を購入した。大きな作品を制作できるようになった彼は、床に数平方メートルもあるキャンバスを置いた。また、絵筆を使う代わりにドリッピングという新しい技法を編み出した。容器に入った塗料にスティックを浸し、急いでこれを引き上げてから、キャンバスの上部で腕を動かして塗料を滴らせる。その結果キャンバスは様々な色の、波のように曲がりくねって連続する線で覆いつくされる。《コンバージェンス》はその一例である（184-185ページ）。

　こうしてポロックは当時の芸術の美的規範に、とりわけ物理学者の関心を刺激する方法で挑戦した。なぜなら彼は制作の責任の一部を、流体力学という偶然の産物である自然現象と分け合っているからである。ヘルチンスキーのチームは、1940年代と1950年代の作品に使用された技法を分析することによって、ポロックの意図がどこまで作品に反映されているかを調べよう

ジャクソン・ポロック（1912-1956）《コンバージェンス》

した。

　まず彼がどうやってキャンバスの各所に塗料を集中させたり分散させたりしたかという問題から始めよう。スティックには、どれくらいの量の塗料が付着していたのか？　半径 r_0 の円筒形のスティックの場合、付着する塗料の量は、その濃度 h に比例する（186ページ図1）。これには様々な要素、特に比重 ρ、粘度 μ、そしてスティックが容器から引き上げられる速度 u_0 が絡んでくる。計算の結果、h はおよそ $\sqrt{vu_0/g}$ になる。ここで v は塗料の動粘度（μ/ρ）、g は重力加速度である。最も単純に考えて、スティックが垂直に引き上げられた場合、付着した塗料の容量 V はおよそ $r_0 Lh$ で、この場合の L は、スティックのうち塗料に浸

> ポロックは芸術界に
> 旋風を巻き起こしたが、
> 物理の法則を超越
> することはできなかった

すくなるということだ。なぜなら、液体の量が増えるからである。

　試行錯誤するうちに、ポロックが両者の関係に気づいたことは疑いない。彼が水や溶媒を混ぜて、塗料の粘性を色々変えていたことが分かっているからだ。塗料が滴り始めると、彼はスティックを水平方向や上下、つまりキャンバスから数センチメートルのところから1メートルの高さまで自在に動かした。数枚の写真や動画が、塗料の流量を調節するポロックの姿を記録している。

　ポロックの作品の中には、線が震えているようなモチーフが認められる（186ページ図2）。これは塗料の不規則な滴りが回転運動を描くために引き起こされ（水撒きホースの噴出量が不規則な場合にも起きる）、これがスティックの移動に従って動いているのである。この場合の塗料の軌跡は、回転運動の角速度に関する無次元パラメーターであるストローハル数（St）によって異なってくる［ストローハル数とは、渦が発生した場合に生じる周波数のこと］。

　Stが0である場合、その軌跡は円形にな

かっていた部分の長さである。

　スティックが容器から引き上げられると、重力のせいで塗料が滴る。その流量Qは$r_0 u_0^{3/2}\sqrt{v/g}$である。そこから、スティックを引き上げる速度が速いほど、付着した塗料は厚く、流量Qも速くなることが分かる。またQが動粘度に関係するということは、動粘度が高いほど滴りや

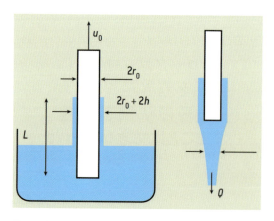

図1 塗料入り容器にスティックを浸してLの長さに塗料が付着した場合。左：半径r_0のスティックを引き上げた時に付着している塗料の質量はおよそr_0Lhである。この場合のhは、付着した塗料の濃度である。右：スティック本体から遠ざかるほど、重力によって流体が滴り落ちる速度が上がる。流量は一定であるため、先端に近いほど滴る塗料の断面積は小さくなる。またスティックを引き上げる速度が速いほど、流量Qは加速する。

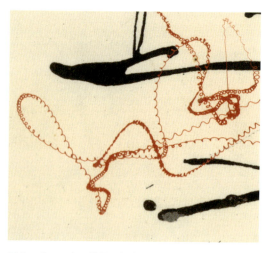

図2 ポロックの作品の細部。塗料の不規則な滴りとスティックの移動の組み合わせによって、震えているような線が生じた。

り、横向きの動きはない。Stの値が上昇するにつれて、軌跡は重なり合うループの連続になり、値が1になると、くねくねと曲がりくねった曲線になる。さらに続けると曲線は正弦波となり、スティックの移動速度が上がると直線になる。これらのモチーフ（ループ、点、正弦波）はどれも、ポロックの作品に認めることができる。これを見れば、ポロックが腕を動かした速度を計算することも可能だ。向きを変えて続ける時には速度を落としていることも分かる。

古典的な絵画技法と決別したポロックは、芸術界に大きな旋風を巻き起こしたものの、物理の法則を超越することはできなかった。それでもその技法を分析すれば、重力によって液体が落下する法則を彼が直感的に支配できていたことが分かるだろう。

量子アートを編む

量子論の奇妙な世界は、どう理解すればいいのだろう？
彫刻家に転じたある物理学者が、
素粒子のスピンを表現したシリーズ作品を制作した。

1999年、オーストリアのウィーン大学のアントン・ツァイリンガーのチームは、フラーレン C_{60} という大きな分子を使った実験を行ない、干渉縞が生じることを証明した。フラーレン C_{60} は、粒子的な性質と波動的な性質の両方を併せ持つことが証明された、当時最も大きな物質だった。当初、波動性を持つ物質は光子だけと考えられていたが、その後ルイ・ド・ブロイによってすべての物質に拡大された。もっともツァイリンガーのチームの実験以前にこれが証明されたのは、電子、水素原子、それに極めて小さな粒子に留まっていた。2012年になって、フタロシアニン（青緑色の合成顔料）の誘導体である分子 $C_{48}H_{26}F_{24}N_8O_8$ によってその記録は更新された。

ジュリアン・ヴォス＝アンドレアはこの快挙を実現した一人だったが、その後研究室を離れ、彫刻家に転身してアメリカに移住した。今でも彼はミネアポリスのミネソタ大学、ニュージャージー州のラトガース大学、オレゴン州のポートランド・コミュニティ・カレッジ、ジョージア工科大学など、多くの研究所から引っ張りだこになっている。

彼は2009年に、メリーランド大学カレッジパーク校のアメリカ物理学センターで「クオンタム・オブジェクツ」という展覧会を企画した。この企画の根底にあったのは、「現実世界の現象を理解するには、科学よりも芸術がふさわしい場合がある」という考え方だった。《クオンタム・コラル》という電子の密度を示す木製彫刻がその一例だ。銅板の上に原子を表す鉄製の輪が置かれ、その周囲を電子が取り巻いている。ここでは《スピン・ファミリー》シリーズについて、詳しく見てみよう（188-189ページ）。

このシリーズは、量子力学における粒子の性質であるスピン（スピン角運動量ともいう）を表現している。スピンとは、1924年にウォルフガング・パウリが提唱した電子の性質の一つで、実験で確認された異常ゼーマン効果（強い磁場の中で原子を発光させると、光のスペクトル線が分裂する現象）を説明するものだった。

ジュリアン・ヴォス=アンドレア（1970-）《スピン・ファミリー》

第6章　科学技術　189

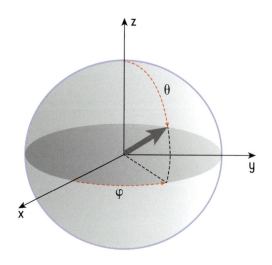

ブロッホ球。二つの直交する純粋状態［量子論における系について、原理的に可能な限りの情報がすでに得られている状態］の重ね合わせで表現できる量子状態を、単位球面状に表したもの。

> これらの作品では、スピンは球形構造に張り巡らされた絹糸で表現されている

　スピンは、素粒子の固有の角運動量［物体の回転運動の大きさを表す量のこと］である。それは厳密には回転運動ではなく、純粋に量子力学上の概念で、古典物理学にこれに該当するものはない。
　《スピン・ファミリー》シリーズの彫刻が表現しているのは、スピン量子数によって分類される素粒子の二大グループであるフェルミ粒子とボース粒子である。ヴォス＝アンドレアは両者を、男性と女性の区別になぞらえて2色に色分けしている。
　青色のフェルミ粒子は物質を構成し、レプトン（電子、ミュー粒子、ニュートリノなど）と6種類のクオーク（u、d、s、c、b、t）がある。自然界の四つの力の一つである強い相互作用を受けるのは後者だけである［自然界の四つの力とは、あらゆる物質を支配すると考えられている4種類の力、つまり重力、電磁気力、強い相互作用、弱い相互作用のこと］。フェルミ粒子は半整数スピン（1/2、3/2、5/2）を持ち、電子のスピンは1/2である。
　ピンク色のボース粒子は、自然界の力の相互作用を媒介し、光子、グルーオン、Zボソン、W^-ボソン、W^+ボソン、そして2012年7月にその存在が確認されたヒッグス粒子が知られている。ボース粒子のスピンは整数（0、1、2……）で、ヒッグス粒子のスピンは0である。
　スピンはどうやって表現できるだろうか？　定められた軸に投影されたスピンJは$2J+1$の値しか取らず、例えば$-J$、$-J+1$、……、$J-1$、Jである。これは特定の方向性を持ち、ブロッホ球と呼ばれる球に表すことができる（上図参照、角θとψは方向を示す）。ヴォス＝アンドレアはそこから着想を得て、球形構造に青やピンク色の絹糸を張り巡らせた。その結果できた円錐形は、スピンが取り得る様々な形態を表している。ピンク色（ボース粒子）は、スピンが0の場合を表す平らなディスクを備えているが、これは青い作品（フェルミ粒子）にはない。
　こうしたことに、男性・女性の区別はどう関係するのだろうか？　パウリの排他原

理に従うと、すべての量子数が同一である状態を、2個以上のフェルミ粒子がとることはできない。「一つの立場をめぐるライバル」関係にあるこれらの粒子は、従って男性である。もしや両性の差は、量子を起源に持つのだろうか？

ダルヴィーシュのスカートは
それでも回転している

ジャン=レオン・ジェロームは、ダルヴィーシュ（修道僧）が回る時に
スカートがつくるパターンを正確に描写しようとした。
物理学者は近年、回っているスカートの形を規定する力を明らかにした。
画家が表現したシーンは、そのモデルに合致しているのだろうか？

　1852年に画家ジャン=レオン・ジェローム（1824-1904）は、ナポレオン3世の美術総監ニューウェルケルク伯爵アルフレッド・エミリアンから大作を依頼された。完成した絵は1855年のパリ万国博覧会で展示された。ローマのアウグストゥス帝によるパックス・ロマーナの開始とイエス・キリストの誕生を描いたこの作品は、1864年以降、フランスのアミアンのピカルディー美術館で見ることができる。

　この作品《アウグストゥスの時代とキリストの生誕》は、批評家の間で賛否両論を引き起こしたが、画家は受け取った多額の謝金（当時の貨幣価値で2万フラン）で1853年以降、フランス人俳優エドモン・ゴーとともにオリエント、特にトルコのコンスタンティノポリスを訪れた。ジェロームは翌年もトルコを訪ね、1856年にはエジプトを旅行している。

　旅行中、ジェロームは多くのデッサンを行ない、イスラム教の様々な側面や風俗画、また北アフリカの風景などをテーマとする「オリエント風の」作品を何枚も描いた。例えば《入浴》、《蛇使い》、《カイロの絨毯商人》などである。

　そのうちの1枚である《旋回するダルヴィーシュ》（1889）には、メヴレヴィー教団の一人の信者の姿が描かれている（194-195ページ）。メヴレヴィー教団は、13世紀にトルコのコンヤでジャラール・ウッディーン・ルーミーによって開設されたイスラム神秘主義（スーフィズム）の教団である。1920年までは主にオスマン帝国で発展し、特にバルカン半島、シリア、エジプトに広まった。1925年にはトルコで禁教になったが、1950年に再び合法化された。

　ペルシア語で「貧困」「貧者」を意味する「ダルヴィーシュ」とは、スーフィズムの禁欲主義を守る信者のことで、「旋回する」という形容は、教団の宗教行為である旋舞（セマー）を指している。まず腕を組んで手を肩に置いた信者たちはゆっくりと回転を始める。それから両腕を伸ばし、右手を天に、左手を地に向ける。この姿勢は、宇宙の軸を象徴している。信者は自転しな

がら、部屋の中を旋回する。

最初の二つの踊りは全員で行なわれ、それに続く三つ目は一人で踊る。ジェロームの絵に描かれているのは、おそらくこの三つ目の踊りだろう。2005年にユネスコ無形文化遺産に登録されたこの旋舞を、正統派イスラムは宗教行為と認めていないことに注意したい。

旋舞の間、回転する白いスカートは波打つ円錐形になる。これも絵に正確に描写されているのだろうか？ フランス、ロレーヌ大学メッス校のマルタン＝ミシェル・ミュラー、メキシコ国立自治大学のジェマル・ギュヴェン、アメリカ・バージニア工科大学のジェームズ・ハンナらの調査によって、手がかりを得ることができた。彼らは、旋舞中のスカートの形を詳しく調べた。

インターネット上の数多くの動画を見れば分かるように旋舞中のスカートには常に、腰から裾に伸びる稜線で分かれ、軽く凹んだ三つ（場合によっては四つかそれ以上）の面が現れる。最も頻繁に現れるのが四面体で、まるで舞踊者の腹を頂点とするピラミッドのように見える。舞踊者、並びにスカートは1秒に約1回転するが、ピラミッド形の回転速度はそれよりも遅い。

この形をよりよく理解するために、研究者たちは重力、布の硬さ、空気の影響などを無視して単純化されたモデルを調べた。計算の結果、彼らはコリオリの力を考慮に入れない限り、この形が現れないことを発見した。コリオリの力とは、回転体上を運

> 台風形成の原因でもあるコリオリの力を考慮に入れない限り、旋舞中のスカートの形は現れない

動するすべての物体に働く慣性の力のことである。例えば台風のような大規模な気流や海流の回転の方向は、コリオリの力と地球の自転の組み合わせによって決定される。

コリオリの力はスカートの形にも関与している。物理学者たちの作ったモデルからコリオリの力を取り去ると、ピラミッドの形も消えてしまう！

ジェロームの絵に戻ろう。描かれているスカートの形は、研究者の調査結果に合致しているだろうか？ これにはっきり答えるのは難しいが、ピラミッドの形を確認することはできる。しかし正確に答えるには、絵に描かれた「瞬間」より前の旋舞者の動きについての情報が必要だ、とミュラーはいう。もし修道僧が一定の速度で回転していなければ、四面体が綺麗に現れていないことの説明がつく。もっとも、画家の弁護のために言えば、旋舞中の修道僧にポーズを取らせるのは不可能である！

ジャン=レオン・ジェローム（1824-1904）《旋回するダルヴィーシュ》

黒よりも黒く

最も優れた商業絵画に使用された黒も、
アーティストのフレデリク・デ・ヴィルデにとっては十分に黒いとはいえなかった。
そこで彼は、カーボン・ナノチューブを研究する物理学者の助けを得て、
究極の黒を手に入れることにした。

1979年1月に、フランスの画家ピエール・スラージュが究極の黒を発明した。スラージュはアヴェロン県コンクの聖フォワ大修道院のステンドグラスを手がけたことで知られており、2014年には同県ロデーズに自らの名を冠した美術館が開館した。1979年の作品では、キャンバスに塗られた黒に、切り込みや筋などがつけられている。キャンバス上の凹凸が光を様々に反射させ、光沢のある部分とつや消しの部分のコントラストを生み出している。つまりこれは、フランス人画家イヴ・クライン（1928-1962）の《青》シリーズや、ロシア人画家カジミール・マレーヴィチ（1878-1935）の《絶対主義者のコンポジション　白の上の白》をしばしば形容する「モノクローム」ではなく、「単一色素(モノピグメント)」なのである［イヴ・クラインは単色の作品を数多く発表したが、特に青は非物質的で高貴な色だとして、自ら開発して特許も取得した。カジミール・マレーヴィチは第二次世界大戦以前に抽象画の先駆者の一人として活躍した］。

ベルギー人アーティストのフレデリク・デ・ヴィルデも、黒に取り憑かれた一人だ。彼は、存在する限り最も黒い色素を手に入れようとした。彼がどのようにこれに取り組んだかを知る前に、そもそも黒とは何か、思い出してみよう。

視覚的には、白は可視光スペクトル（赤から紫まで）のすべての色を反射するのに対して、黒はこれを吸収する。つまり色が存在しない（無彩色）。さらに、可視光の反射率が低ければ低いほど、光の入射角に限らず、より深みのある黒となる。

人類が絵を描き始めて以来、黒の顔料として様々な素材が利用されてきた。最も古い歴史を持つ木炭（木材を不完全燃焼させたもの）は、我々の遠い祖先が描いた洞窟壁画に使用されている。ブドウ、種、コルクなど、炭化された材質によって、黒い色の特徴は異なる。黒炭は他にも象牙、シカ角、サイ角などの動物性の素材からも作られた。

その後、瀝青(れきせい)、煤(すす)から作られる油煙(ゆえん)、黒鉛が利用され、やがて合成顔料が登場した。合成顔料の例としては、酸化鉄や、金属酸

化物を混合したスピネル系顔料、アニリンブラックなどが挙げられる。ただし、商業化されたほとんどの黒色顔料は光を10パーセント程度反射する。最も反射率が低いものでも、垂直に入射した可視光を2.5パーセント反射する。反射率をさらに低くするには、物理学研究所の協力を仰ぐよりほかない。

2002年にロンドンのテディントンにあるイギリス国立物理学研究所のリチャード・ブラウンのチームが、これまでになく黒体に近い物体の制作方法を発表した［黒体とは、すべての波長の放射を完全に吸収する仮想上の物体のこと］。それは、ニッケルとリンの合金を硝酸に浸漬することによって得られるという。この方法はすでに知られていたが、還元剤である次亜リン酸塩の最適な含有量をつきとめる必要があった。8パーセント以上のリン酸溶液の場合、硝酸と反応させた合金の表面に柱状組織が形成される。一方、6パーセントの濃縮液だと、合金の表面はクレーター状になる。後者の方が効率的に光を吸収することができる。

実際、こうして得られた物質は、これまで最も優れた成績をおさめた黒い絵画と比べて、垂直に入射した光線の反射率が7分の1（前者の2.5パーセントに対して0.35パーセント）、入射角が45度の場合は25分の1になるのである。

しかしこれでもデ・ヴィルデには十分ではなかった。2010年に彼はアメリカのテキサス州にあるライス大学のプリッケル・

a
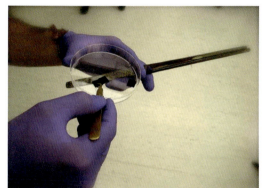

b

究極の黒の秘密。この物質は光をほとんど反射しないため、しわなどは全く見えない。そのため、コーティングされた3次元の物は、凸凹のない滑らかな平面に見えるのである（a）！　電子顕微鏡で見た表面（b）。ケイ素の表面に縦に規則正しく並ぶナノチューブの列。この「森」が、入射光をとらえて逃さない。

フレデリク・デ・ヴィルデ(1975-) 《Hostage pt.1》《scan 1.0》

> 人間の目は究極の黒を視覚的に認識することはできず、ブラックホールを前にしたような錯覚に陥る

アジャヤンのチームを訪ねた。このチームは、垂直に並ぶカーボン・ナノチューブで構成される物質の開発に成功していた。入射光の99.9パーセントを吸収するこの物体こそ、現時点で最も「黒体」に近い。その吸収率は、黒炭よりも30倍高く、それまでの記録保持者だったブラウンのチームが開発したニッケル・リン合金よりも3倍高い。これはナノチューブの森なのである。

こうして得られた物体は、インペリアル・カレッジ・ロンドンのジョン・ペンドリーの仮説を補強する。ペンドリーはメタマテリアルの専門家で、「透明マント」理論でも有名なイギリス人物理学者だ。その製法は次の通りである。まずイオンが噴霧された中に、基板となるケイ素の薄片を置く。次に触媒の働きで炭素をケイ素上に固定する。すると真っ黒な物体の「ナノチューブの森」が生じる（197ページ）。

こうして得られたサンプルが、デ・ヴィルデのインスタレーション《Hostage pt.1》（199ページ）の中心部に利用されている。この作品は、2010年のアルス・エレクトロニカで賞を獲得した［アルス・エレクトロニカは、オーストリアのリンツで毎年開催される、芸術と科学の横断的な表現に関する祭典］。このようにほぼ完璧な黒い物体によるコーティング技術は、注目すべき技術革新や芸術家の関心をひくだけにとどまらず、太陽熱集熱器など様々な分野に応用されるだろう。また天体望遠鏡や宇宙飛行体の誘導システムなど多くの機器で、不要な光（スカイノイズ）の除去に役立つかもしれない。

青空からインスピレーションを受けて、クラインは1948年に最初のモノクローム作品を発表した。その継承者をもって自任するデ・ヴィルデの次の目標は、宇宙の暗黒である。「純粋な色彩の世界」を追求していたクラインに対して、デ・ヴィルデは「純粋な色彩の不在」を追いかけ続けている。

参考文献

第1章　動物と植物

野生のナスの物語

Jin-Xiu Wang *et al., Annals of Botany*, vol.102, pp. 891-897, 2008.

木を描くには

Ch. Eloy, «Leonardo's rule, self-similarity and wind-induced stress in trees», *Physical Review Letters*, vol. 107, iss. 25, décembre 2011.

地図とビーバー

T. Book, *Le chapeau de Vermeer. Le XVIIe siècle à l'aube de la mondialisation*, Payot, 2010.

ありえない馬

Ch. Degueurce et H. Delalex, *Beautés intérieures. L'animal à corps ouvert*, RMN, 2012.

Exposition Beauté animale, aux Galeries nationales du Grand Palais, du 21 mars au 16 juillet 2012.

突然変異のひまわり

M. Chapman *et al.*, «Genetic analysis of floral symmetry in Van Gogh's sunflowers reveals independant recruitment of CYCLOIDEA genes in the *Asteraceae*», *PLoS Genetics*, vol. 8(3), e1002628, 2012.

アダムのリンゴはレモンだった

D. Huylebrouck et B. Mecsi, *Het Fruitmysterie van het Lam Gods*, eos, Anvers, juin 2011.

球根とバブルとウィルス

M. de Kock *et al.*, «Non-persistent TBV transmission in correlation to aphid population dynamics in tulip flower bulbs», *Acta Horticulturae*, vol. 901, pp.191-198,2011.

白いスイカの謎

H. Paris «Origin and emergence of the sweet dessert watermelon, Citrullus lanatus», *Annals of Botany*, vol.116(2), pp. 133-148, août 2015.

第2章　数学と情報処理

干渉縞と視覚芸術

V. Vasarely, *Monographie*, vol. 1, Éditions Griffon, Neuchâtel, 1965

Fondation Vasarely, site Internet: *www.fondationvasarely.com*

謎めいたソナ

P. Gerdes, *Une tradition géométrique en Afrique, les dessins sur le sable*, t. 1, L'Harmattan, 2000.

四角と樹木

Le site de l'espositin *Treemap* par Ben Scheiderman: http://bit.ly/1q7QAxg

Le catalogue de l'exposition: http://bit.ly/1rG27TX

5世紀もの先取り

P. Lu et P. Steinhardt, «Decagonal and quasi-crystalline tilings in medieval islamic architecture», in *Science*, vol. 315, pp. 106-110, 2007.

数学とファッションの深い関係

É. Ghys, Géométriser l'espace : de Gauss à Poincaré, *Dossier Pour la Science n°74*, janvier 2012.

ダ・ヴィンチの勘違い

D. Huylebrouck, *Een fout van Leonardo da Vinci*, EOS, avril 2011.

第3章　天文学

月、それとも太陽？

Donald Olson, Russell Doescher et Marilynn Olson, «Dating van Gogh's Moonrise», in *Sky & Telescope*, pp. 54-58, juillet 2003.

消えた月の謎

D. Olson *et al.*, «Reflections on Edward Munch's Girl's on the Pier», in *Sky & Telescope*, pp. 38-42, 2006

ヴェルサイユ宮殿の天井画と天文学

http://sciences.chateauversailles.fr

太陽を観察する

Turner and the Elements, pp. 52-64, Bucerius Kunst Forum, 2012.

La conférence d'Herschel du 16 avril 1801 en intégralité: http://tinyurl.com/d9verck

1680年の大彗星が戻ってきた？

Un site de la NASA est dédié à l'observation de la comète ISON. Il contient de nombreuses références: *http://www.isoncampaign.org*

最初の写実的な天の川

J. Parks, «Adam Elsheimer: Rich and magical storytelling», *American Artist*, vol. 71, pp.36-45, 2007.

F. Bertola, Via lactea, Biblos, 2004.

第4章　地理と気候

デルフトのニシン漁

T. Book, *Le chapeau de Vermeer. Le XVII*^{e} *siècle à l'aube de la mondialisation*, Payot, 2010.

地質学総覧のようなテーブル

«Le luxe, le goût, la science...», Neuber, orfèvre minéralogiste à la cour de Saxe, du 13 septembre au 10 novembre 2012, à la Galerie J. Kugel, 25, quai Anatole France, 75007 Paris.

重ねた皿のような雲

Ch. Zerefos *et al.*, «Further evidence of imprtant environmental information content in red-to-green ratios as depicted in paintings by great masters», *Atmos. Chem. Phys.*, vol. 14, pp. 2987-3015, 2014.

中国人に愛された英雄

Q. Wu *et al.*, «Outburst flood at 1920 BCE supports historicity of China's Great Flood and the Xia dynasty», *Science*, vol. 353, pp. 579-582, 2016.

印象的な日付

Impression, soleil levant, l'histoire vraie du chef-d'oeuvre de Claude Monet, musée Marmottan Monet, Paris, du 18 septembre 2014 au 18 janvier 2015.

若きウェルナーの彷徨

Musée de minéralogue de l'école des Mines de Paris: www.musee.mines-paristech.fr

第5章　医学と人間の認識、知覚

DNAから顔が復元できる

P. Claes *et al.*, «Modeling 3D facial shape from DNA», *PLoS Genetics*, vol. 10(3), e1004224, 2014.

F. Liu *et al.*, «A genome-wide association study identifies five loci influencing facial morphology in Europeans», *PLoS Genetics*, vol.8(9), e1002932, 2012.

斜視の恩恵

C.-B. Huang *et al.*, «Broad bandwidth of perceptual learning in the visual system of adults with anisometropic amblyopia», in *PNAS*, vol. 105, pp.4068-4073, 2008.

M. Livingstone *et al.*, «Was Rembrandt stereoblind?», in *N. Engl. J. Med.*, vol. 351(12), pp.1264-1265, 2004.

ジーンズのマエストロ

«*Il Maestro della tela jeans*», exposition du 16 septembre au 27 novembre 2010, à la galerie Canesso, 26, rue Laffitte, 75009 Paris.

ヴァチカンに隠された脳みそ

I. Suk et R. Tamargo, «Concealed neuroanatomy in Michelangelo's *Separation of light from darkness* in the Sistine Chapel», *Neurosurgery*, vol.66(5), pp.851-861, 2010.

十字架刑の神経への作用

J. Regan *et al.*, «Crucifixion and median neuropathy», *Brain and Behavior*, publié en ligne le 18 mars 2013.

エピジェネティクスの景観を眺めて

La vidéo The Epigenetic Landscape est visible sur: https://www.vivomotion.co.uk

Le site de *EpiGeneSys*: www.epigenesys.eu

イエス・キリストは33本の歯とともに死んだ

M. Bussagli, *I denti di Michelangelo*, Medusa, 2014

第6章　科学技術

バベルの塔建設に使われた機械

Medeleine Pinault Sorensen, «Babel en construction», in *La revue du musée des Arts et métiers*, n°46/47, 2006.

ダ・ヴィンチの美しい襞

E. Cerda *et al.*, «The elements of draping», in *PANAS*, vol.101, n° 7, pp. 1806-1810, 2004.

見えなくなる杯

J. Lefait *et al.*, «Physical colors in cultural heritage: surface plasmons in glass», *C. R.Acad. Sci. Physique*, vol.10(7), pp.649-657, 2009.

H. Atwater , «Les promesses de la plasmonique», *Pour la Science, n°355*, pp.38-45, mai 2007.

ルイ15世の亡霊

H. Delalex, «Au carrefour des sciences et de la magie: le portrait caché de Louis XV», dans *Sciences et curiostiés à la cour de Versailles*, Paris RMN, 2010, p. 206-207.

塗料と流体力学

A Herczynski, Cl. Cermuschi et L. Mahadevan, «Painting with drops, jets, and sheets», *Physics Today,* pp. 31-36, 2011.

R. Taylor, «Attraction fractale», *Pour la Science*, n° 305, pp.104-105, mars 2003.

量子アートを編む

Les paradoxes de la matière, *Dossier Pour la Science*, n° 79, avril-juin 2013.

J. Voss-Andreae, «Quantum sculpture: art inspired by the deeper nature of reality», *Leonardo*, vol.44(1), pp. 14-20, 2011.

P. Ball, «Quantum object on show», *Nature* , vol. 426, p. 416, 2009.

M. Arndt *et al.*, «Wave-particle duality of C60 molecules», Nature, vol. 401, pp. 680-682, 1999.

www.JulianVossAndreae.com

ダルヴィーシュのスカートはそれでも回転している

J. Guven *et al.*, «Whirling skirts and rotating cones», *New Journal of Physics*, vol. 15, 113055, 2013.

黒よりも黒く

Z.-P. Yang *et al.*, «Experimental observation of an extremely dark material made by a lowdensity nanotube array», in *Nano Lett.*, vol. 8(2), pp.446-451, 2008.

R. Brown *et al.*, «The physical and chemical properties of electroless nickel-phosphorus alloys and low reflectance nickel-phosphorus blask surfaces», in *J. Mater . Chem.*, vol. 12, pp. 2749-2754, 2002.

写真クレジット

11, 12: Académie chinoise des Sciences/Pékin; 27: Mark Chapman et al.; 30: Dirk Huylebrouck; 34-35: Margaret Wertheim in the Fohr Satellite Reef, Museum Kunst der Westküst, Germany 2007. From the Crochet Coral Reef project by Margaret and Christine Wertheim and the Institute For Figuring. Image © IFF, Los Angeles; 42-43: Coll. part. Courtoisie de Christie's: 47:Photo © The Metropolitan Museum of Art. Dist. RMN-Grand Palais / image of the MMA. © Fundacio Gala-Salvador Dali; 53: Victor Vasarely; 61: EP.1953.74.841, collection MRAC Tervuren / Photo Albert Maesen, 1954; 65: Ben Shneiderman; 72, 73, 75: Issey Miyake; 74: Patrick Massot; 77: De Divina Proportione, Venise, 1509; 78: Dirk Huylebrouck et Rinus Roelofs; 79: Rinus Roelofs; 99: Waldemar Skorupa; 101: Y. Beletsky (LCO) / ESO; 118: NASA; 137: Heather Dewey-Hagborg; 138: Peter Claes et al. Peter.claes(at)kuleuven.be; 149: I. Suk et R. Tamargo, « Concealed neuroanatomy in Michelangelo's Separation of light from darkness in the Sistine Chapel ». Neurosurgery, vol.66 [5], pp.851-861, 2010; 156-157: Epigenetics landscape by Dr. Mhairi Towler (Vivomotion, www.vivomotion.co.uk), Link Li (University of Dundee) and Dr. Paul Harrison (Artist in Residence for EpiGeneSys, Visual Research Centre, University of Dundee, UK); 160: Wikimedia Commons; 165: Paris, Musée de l'homme / J.Ch. Domenech – MNHN ; 188-189:Voss-Andreae, Photo Dan Kvitka; 197, 198: Courtesy Frederik De Wilde

ロイク・マンジャン
Loïc MANGIN

フランスの科学系雑誌『Pour la Science』の副編集長。

木村高子
Takako Kimura

仏語・英語翻訳家。仏ストラスブール大学歴史学部卒業、早稲田大学大学院文学研究科考古学専攻修士課程修了。スロヴェニア在住。訳書に『僕はポロック』(パイインターナショナル)、『図説　イスラーム庭園』『フォトグラフィー　香水瓶の図鑑』(いずれも原書房)、『地政学で読む世界覇権2030』(東洋経済新報社)などがある。

Loïc MANGIN
"POLLOCK, TURNER, VAN GOGH, VERMEER ET LA SCIENCE…"

© Belin / Humensis, 2018
This book is published in Japan by arrangement with Humensis,
through le Bureau des Copyrights Français, Tokyo.

科学でアートを見てみたら

2019年3月22日　第1刷

著　者　ロイク・マンジャン
訳　者　木村高子
装　幀　永井亜矢子（陽々舎）
発行者　成瀬雅人
発行所　株式会社原書房
　　　　〒160-0022　東京都新宿区新宿1-25-13
　　　　電話・代表　03（3354）0685
　　　　振替　00150-6-151594
　　　　http://www.harashobo.co.jp

印　刷　シナノ印刷株式会社
製　本　東京美術紙工協業組合

©2019 Takako Kimura
ISBN 978-4-562-05641-5, Printed in Japan